www.tredition.de

AF196429

Roland Bettinger

Die türkische Adresse

Eine wahre Begebenheit

www.tredition.de

© 2021 Roland Bettinger
Umschlag, Illustration: David Bettinger

Verlag und Druck:
tredition GmbH, Halenreie 40-44, 22359 Hamburg

ISBN
Paperback: 978-3-347-40209-6
e-Book: 978-3-347-40210-2

Der Applaus verebbte, der Vorhang fiel ein letztes Mal. In der Aula begann das Stühlerücken des aufbrechenden Publikums. Ich drehte mich grinsend zu Joe um. „Na, wie war ich?" „Nun komm mal wieder runter, Ronnie."

Joe war nicht nur mein bester Freund, sondern auch oft genug mein härtester Kritiker und hatte sicherlich recht, zum damaligen Zeitpunkt war ich tatsächlich etwas abgehoben. Aber ich hatte durchaus Gründe, stolz zu sein: Das erste Schuljahr – Vorsemester genannt – von insgesamt dreien, um über den „2. Bildungsweg" zum Abitur zu gelangen, war für mich mit guten Noten und der Erkenntnis, dass ich mein Ziel erreichen würde, wie im Flug vergangen. Krönender Abschluss eines Semesters Theaterworkshop war die Aufführung einer Bürokomödie (wir waren auf einem Wirtschaftsgymnasium), bei der mir durch den Lehrer – Typ zappabärtiger Altachtundsechziger mit fusseligem Resthaar – eine Hauptrolle zugewiesen wurde, die ich weniger mit schauspielerischem Talent, sondern mehr mit dem Willen mich darzustellen und der nötigen Eitelkeit ausfüllte.

Das war also abgehakt und das nächste Highlight wartete schon: Joe und ich planten die sechs Wochen Sommerferien in 2 Wochen Griechenland und 4 Wochen Türkei aufzuteilen. Dass die Türkei im Jahr 1980 ein politisch unruhiges Land mit teils gewalttätigen Auseinandersetzungen zwischen politisch linken und rechten Gruppierungen war, konnte uns von unserem Vorhaben nicht abhalten. Ich hatte nach Griechenland eine Mitfahrgelegenheit, während Joe, da Wagen voll, sich fürs Trampen entschieden hatte.

Es war Freitagmittag, und wir starteten direkt nach unserer Aufführung. Meine Freundin Elke chauffierte Joe zum Rastplatz Hamburg-Stillhorn, ich begab mich in meine kleine Wohnung, verstaute letzte Utensilien in meinen Rucksack und hörte noch

ein letztes Mal Tim Buckleys sensationelles „Sweet Surrender",
bevor mich Meike, Milly, Dodo und Christoph mit einem schon
reichlich beladenem 75er Ford Taunus Turnier abholten. Also:
Meike war meine „kleine" 16-jährige Schwester, Dodo ihre beste
Freundin, Milly und Christoph ein Paar. Fahrer waren Christoph
und ich für den Dreitausend-Kilometer-Parcours via Autoput /
Jugoslawien nach Thessaloniki. Ungeplant, zufällig trafen wir
Joe etliche Staus später in Süddeutschland auf einem von LKW
überfrequentierten Rastplatz – ein schnell getrunkener Kaffee –
dann trennten sich unsere Wege vorerst wieder.

Ich fuhr durch die Nacht, inzwischen weniger Fahrzeuge auf
der Autobahn. Ich fuhr, getrieben von der Überzeugung, einen
Vorsprung gewinnen zu müssen vor der zur Zeit ruhenden
Blecharmada auf den überfüllten Parkplätzen, die sich bald wieder in Bewegung setzen würde. Ich fuhr, von der Unvernunft
jener Jahre geprägt, bis zum Tunnelblick – und noch darüber hin-
aus. Fahren, schlafen, fahren, Hitze, Staub, durchgeschwitzte
Jeans auf heißen Kunstledersitzen.

In Jugoslawien: Streckensprache und Währung – Deutsch,
triste Vorstädte, dominiert von Plattenbauten. Ordnungshütende
Nachfahren der Skipetaren, die ihre Pferde gegen tschechische
oder russische Motorräder getauscht hatten, gaben sich in ihrer
schwarzen Lederkluft und mit verspiegelten Sonnenbrillen wild
und verwegen.

Aber wir kamen voran, mogelten uns vorbei an Auffahrunfäl-
len, die für die unglücklichen Beteiligten unweigerlich das Ende
der Urlaubsreise bedeuteten – nie würden Onkel, Tanten in Adana, Erzerum oder anderswo den neuen Ford Granada zu Gesicht
bekommen – folgten Umleitungen über abenteuerliche Schotter-
pisten und wurden schließlich an der Grenze zu Griechenland aus
dem umzäunten Transitgebiet entlassen.

Wir trennten uns in Saloniki, ich reiste weiter mit dem Zug nach Alexandropoulos, wo ich nach einer Nacht am Strand mit unruhigem Schlaf am nächsten Morgen wie gefügt Joe auf der Fähre nach Samutraki traf.

Einen richtigen Badestrand gab die Insel nicht her, aber wir fanden ein kleines Paradies mit Wasserfällen im Landesinneren, wo wir ignorant genug waren, nackt zu baden. Es war die übliche bunte Mischung Rucksacktouristen zugegen, und wir betrachteten es als unser gegebenes Recht, in dem Wäldchen am Strand unsere kleinen Zelte aufzuschlagen oder gar kleine Hütten zu installieren, wie der Jung-Antroposoph, der aussah, wie man sich Rübezahl oder Barbarossa vorstellen mochte. Der Indienreisende, der uns von den Vorteilen des Eigenurinkonsums zwecks Verlängerung von LSD-Trips berichtete. Kundalini-Sex im Ashram von Poona und anderswo gehörten ebenfalls zu seinem Erlebnisrepertoire. Der Musiker, den wir bei den nächtlichen gemeinschaftlichen Badepartys in einem schwefeligen, heiß-warmen Mini-Becken oberhalb des Dorfes antrafen und aufgrund seiner etwas schwerfälligen, langgezogenen Sprechweise sofort als „Hamburger Jung" identifizierten. Bis dahin hatte ich immer geglaubt, wir Hamburger sprächen Hochdeutsch ohne irgendeinen Slang. Seltener: Alleinreisende Frauen, wie die Österreicherin, deren ununterbrochenes Geschnatter schutzwallartig gegen Annäherungsversuche wirkte. Nach etwa zehn Tagen und Austausch der Heimatadressen mit Sympathieträgern, Beteuerungen, sich zu besuchen, wenn man denn mal in der Nähe wäre, machten wir uns auf in Richtung Türkei.

Istanbul, die Hüterin der Dardanellen, wirkte auf uns wie eine Stadt aus einer anderen Welt, aus einem anderen Zeitalter. Es gab kaum Verkehrsampeln, das Straßenbild beherrschten Taxis amerikanischer Bauart aus den fünfziger Jahren, chromüberladene Karossen mit riesigen Kotflügeln. Wir bewegten uns auf diesem fremdartigem Terrain vorsichtig und kauften kein Hasch auf der Straße, nicht einmal im Puddingshop, dem legendären Treffpunkt der Hippies und Indienfahrer der sechziger Jahre.

Wir schwitzten im Dampfbad, bestaunten die Blaue Moschee und andere Pflichtsehenswürdigkeiten, ließen uns durch das bienenstockartige Gewusel verschiedener Basare schieben – immerhin ohne Taschendieben zum Opfer zu fallen – und wurden immer wieder von ehemaligen Gastarbeitern als Deutsche identifiziert, was ihnen als Anlass reichte, uns mehr oder weniger bruchstückhafte Deutschkenntnisse zu präsentieren, auch wenn die Möglichkeiten nur ausreichten, mit viel Gestik und strahlenden Augen Namen von längst verblühten Bundesligafußballern aufzusagen.

Die Präsenz der bewaffneten Soldaten, die praktisch an jeder Ecke Wache standen, wirkte erdrückend. Nach drei Tagen hatten wir unser touristisches Istanbul-Programm abgespult und zogen weiter.

Wir nahmen den Bus nach Izmir, der für die Strecke von etwa 600 Kilometern die ganze Nacht benötigte. In Izmir bot sich das gleiche Bild, was die Allgegenwart der soldatischen Posten anging.

Hier lief uns der Türke Georgi über den Weg. Er sprach perfekt Deutsch mit bayerischem Akzent. Er wirkte sympathisch und vertrauenerweckend, versorgte uns mit sehr gutem Hasch und warnte uns eindringlich: Egal wie wenig, schon ein Joint in der Hand reicht für eine Gefängnisstrafe. Dann gab er uns noch die notwendigen Instruktionen, einen sehr guten Platz (Geheimtipp) in der Nähe von Çeşme zu finden.

So kam es, dass wir am Strand von Turgut, Ergin und Ismail landeten. Ismail war anscheinend der Onkel oder Großonkel der beiden – so genau habe ich die verwandtschaftlichen Verhältnisse nicht durchschaut –, dem das Land gehörte, auf dem sich die Strandkneipe „Paradis" befand. Rudimentäre sanitäre Anlagen, kein Strom, Fußboden aus gestampftem Lehm. Kühlschrank: eine gemauerte Box, nach oben zu öffnen. Ismail lieferte jeden Tag große Mengen Eiswürfel an.

Turgut, der gutmütig wirkende dickliche Koch, und Ergin, extrovertiert, Kellner, Entertainer und Hausdealer in Personalunion, hielten den Laden am Laufen. Für jeden Neuankömmling wurde ein Zettel mit Namen angelegt, der Konsum durch den Kunden selbst eingetragen – Zahlung bei Abreise.

Vertrauen im „Paradis". Das System schien zu funktionieren bei der zugegeben überschaubaren Anzahl von etwa zwanzig Gästen – ähnliche Mischung wie auf Samutraki, die ihre Zeit mit Baden, Lesen, Schwatzen, Kiffen, Teetrinken, Backgammon, Schach, Essen und Nichtstun verbrachten. Georgi hatte nicht zu viel versprochen. Leider gab es hier im Gegensatz zu Samutraki keinen natürlichen Schatten, die Hitze machte das Barfuß-Gehen zur Qual, das Meer bot kaum eine Erfrischung: flach, lauwarm und ohne jede Bewegung war es wie eine große Badewanne.

Auch diese Oase des Müßiggangs verließen wir nach einer Woche, unsere Reiselust zog uns weiter.

Um unser nächstes Ziel Marmaris zu erreichen, mussten wir wieder nach Izmir, denn nur von dort fuhren die großen Überlandbusse. Nach einem überdimensionierten Abschiedsjoint mit Ergin am frühen Morgen stolperten wir in einen Kleinbus, um nach Çeşme zu gelangen, wo bereits der Linienbus nach Izmir wartete. In ebendiesem Bus fuhren wir – umgeben von ärmlich gekleidetem Landvolk –, es ging allmählich gegen Mittag, die Hitze wurde immer unerträglicher, als mich Joe, nervös seine Hosentaschen absuchend, anstieß.

„Du Ronnie, ich hab ein Stück Hasch verloren. Das muss mir beim Bezahlen der beiden Colas vorhin an dem kleinen Kiosk in Çeşme passiert sein. Hoffentlich hat es niemand gesehen."

Die Alarmglocken, jetzt hätten sie schrillen müssen, Dauerton, unerbittlich, uns zu wecken aus unserer Lethargie, unsere Wachsamkeit auf eine eventuell drohende Gefahr zu lenken …, taten sie aber nicht. Zu sehr damit beschäftigt, meine bleischweren Augenlider offen zu halten, anzukämpfen gegen die Hitze in Kombination mit den Auswirkungen des törichten Joints am frühen Morgen, brachte ich nur eine mühsam gegrummelte, dümmliche Erwiderung zustande: „Nicht so schlimm, wir haben ja noch mehr."

Joes Missgeschick war schon wieder vergessen, als der Bus eine halbe Stunde später auf dem weitläufigen Platz in Izmir die Fahrt beendete. Die Sinne abgelenkt durch das rege Treiben der fliegenden Händler, der Teeverkäufer und ambulanten Schuhputzer, der Führer, die sich für einen Rundgang im nahe gelegenen Basar aufdrängten, erreichten wir schließlich eine kleine Bretterbude, die wir als Infostand identifizierten. Wir hatten uns gerade schlau gemacht, wann welcher Bus nach Marmaris fahren würde, als drei Männer vor uns auftauchten und uns ihre Ausweise – Polizeimarken wie bei Kojak – präsentierten.

Die Zeit, der Lauf der Welt, ja das Universum schienen zu verharren, ungebeten erklang Jim Morrison in meinem Kopf „This is the End, my only Friend, the End" – klang er gar höhnisch? Angst stieg in mir auf. Joe und ich blickten uns an, Entsetzen auch auf seinem Gesicht: die meinen uns, die wollen was von uns … Und wir wussten, sie würden es finden, was bedeutete: Diese Reise würde in einer Zelle enden!

Ungeduldig deuteten die Polizisten mit ihren Gesten an, dass sie uns durchsuchen wollten. Joe hatte das Dope nicht, wie es sich für einen Kiffer gehörte, griffbereit zum Wegwerfen in der Not, sondern nein, irgendwo ganz unten im Rucksack. Ich musste natürlich auch etwas mit mir herumtragen, verwahrte es in einer versilberten Pillendose, die ich mir auf irgendeinem Basar zugelegt hatte, auch völlig ungeeignet, um es unauffällig – eine Kleinstmenge – verschwinden zu lassen.

„Marmaris, Marmaris", ein zierlicher Mann mit Fes erschien aus dem Infostand, wedelte mit den Armen in Richtung eines wartenden Busses. Unser Vorhaben, den Bus zu besteigen, unsere Reise fortzusetzen, schien Lichtjahre entfernt, die Ankündigung der nahenden Abfahrt gleichwohl wie eine Verheißung – jedoch – unerreichbar, keine Chance. Die Polizisten schüttelten schon die Köpfe, bevor wir in ihre Richtung blickten. So blieb ein hilfloses Schulterzucken in Richtung des kleinen Mannes, der sich, „Marmaris, Marmaris" auf den Lippen, anderen potentiellen Reisenden zuwandte.

Joe fing an seinen Rucksack zu öffnen, wühlte bis zum Grund und reichte schließlich demjenigen, der augenscheinlich der Chef des Trios war, – in Zivil waren sie alle – sein Dope, es mögen fünf Gramm gewesen sein, während ich zeitgleich mein Ministück der Pillendose entnahm und es ihm auf die geöffnete Handfläche legte. Joe starrte dem Chef in die Augen – wir hätten in dem Moment allein, beziehungsweise zu fünft in der Wüste oder unter einer Glaskuppel sein können, so ausgeblendet war die Außenwelt in meiner Wahrnehmung –, sein Blick hatte etwas flehentliches, in seinem Gesicht die unausgesprochene Frage, vorsichtig formuliert aber nachdrücklich gemeint: Gibt es hier so etwas wie einen Touristen-Bonus, einen Gnadenakt, der hier und jetzt vollzogen werden konnte?Der Blick des Chefs löste sich von Joe und schwenkte langsam zu mir – ich fühlte mich inmitten eines Energiefeldes, dessen Umfang, Ordnung, Sinn und Richtung zu lesen, mir nicht gegeben war – etwas unentschlossen suchte er den Augenkontakt, der ihm jedoch durch meine getönten Brillengläser verwehrt wurde, starrte, versuchte die Hürde zu nehmen, was nicht gelang. Schließlich wanderte sein Blick abwärts und verblieb auf der Höhe meiner Knie.

Die Magie des Augenblicks verging, als er mit abfällig verzogenen Mundwinkeln – sein ausgestreckter Zeigefinger zielte auf meine Beine – „Pantalones, Pantalones" bellte. Seine Begleiter wurden lebendig und sammelten hastig die noch immer auf der ausgestreckten Handfläche dargebotenen Haschischstücke ein, verstauten sie in kleine Papiertütchen. „Pantalones, Pantalones!", wiederholte der Chef. Ich folgte seinem Blick und begriff: Ich war unterwegs in einem islamischen Land, bekleidet lediglich mit T-Shirt und Badehose in Slipausführung.

Ein Affront, eine Beleidigung, ein sittenwidriger Akt mit Tendenz zur Gotteslästerung; kurz: völlig daneben! Wie ein ertappter Sünder schlüpfte ich in meine langen Khakis, was mir ein zustimmendes Grunzen vom Chef eintrug. Unspektakulär, weil ohne Handschellen, bewegten wir uns in die vom Chef vorgegebene Richtung, Joe und ich in der Mitte, die Gehilfen eng hinter uns.

Der Bus nach Marmaris hatte die letzten Fahrgäste eingesammelt und nahm laut hupend Fahrt auf, derweil unsere Rucksäcke im Kofferraum und wir auf der Rückbank eines Zivilfahrzeuges landeten.

„He, Joe, was geht jetzt hier ab?"

„Jetzt kommt es auf unsere innere Stärke an." Das klang nicht sehr überzeugt.

„Theorie, Joe, ich hab Angst, wo tu ich die solange hin?"

12

„Klar Alter, ich hab auch Angst, aber diese Grenzerfahrung wird die Verlustängste klar definieren, und sie gilt es zu überwinden."

Das klang mir alles sehr kopflastig, überhaupt hatte ich Mühe, seinen Ausführungen zu folgen, während in mir der Sturm der Angst tobte, die Achterbahn der Gefühle haarsträubende Loopings vollführte, Jim Morrison wieder „This is the End ..." proklamierte, dafür jede Lücke in meinem Gedankenstrom nutzte.

Der Wagen stoppte und unser Trio drängte uns in eine Polizeistation. Das Geleit endete in einem rückwärtigen Raum, wo uns zwei Stühle vor einem Schreibtisch zugewiesen wurden. Dessen rechte Seite war von Schreibutensilien, Papierstapeln und einer altertümlichen mechanischen Schreibmaschine belegt, während links ein müde nickender Tischventilator vergeblich gegen die stickige Luft ankämpfte.

Dankbar nahmen wir von einem der Gehilfen den in kleinen Gläsern servierten Tee entgegen, während sich der Chef, hinter seinem Schreibtisch thronend, dem sorgfältigen Studium unserer grünen Reisepässe widmete. Sein anschließendes fragendes „Almanya?" wurde von uns eifrig benickt. Es folgte ein Wortwechsel mit seinen Untergebenen, woraufhin beide verschwanden, um kurze Zeit später mit einem älteren Herren zurückzukehren. Wieder Wortwechsel, Gesten in unsere Richtung.

„Der spricht bestimmt Deutsch", raunte ich Joe zu. „Richtig", er hatte mich gehört, „*Salam aleikum*, guten Tag, ich heiße Mehmet."

Mehmets Oberlippe zierte – wie bei dem überwiegenden Teil der männlichen Bevölkerung – ein Schnauzbart, hier die graumelierte Version, volle, silbrige Haare bildeten einen eigentümlichen Kontrast zu seinen abstehenden Ohren. Er lehnte sich mit dem Rücken leicht gegen den Türrahmen, dem die Tür fehlte, seine braunen Augen musterten uns ernst, fast bekümmert, bevor er weiterredete.

„Das Rauchen, der Besitz, das Handeln, der Transport von Haschisch ist in der Türkei ein schweres Verbrechen. Darauf steht Gefängnis. Geldstrafen wie in Deutschland sind unbekannt. Hier wird fast jedes Vergehen mit Gefängnis bestraft. Mein Schwager hatte kürzlich einen Autounfall verschuldet und musste dafür mehrere Monate ins Gefängnis gehen. Hühnerdiebstahl, Steuerhinterziehung, Hasch rauchen, Zigaretten schmuggeln – egal – endet immer in einer Zelle."

Er unterbrach seinen in fließendem Deutsch – mit Ruhrpottakzent – gehaltenen Vortrag, um sich ein Glas Tee von einem Tablett zu nehmen, mit dem ein etwa zehnjähriger Knabe gerade seine Runde durch die Polizeistation drehte. Das kleine, heiße, henkellose Teeglas in der Rechten, seine linke Hand beschäftigte sich unablässig mit einer Gebetskette, die mit leisem Klackern durch seine Finger lief, räusperte er sich, bevor er fortfuhr.

„Die Kollegen hier von der Polizei, allen voran Kommissar Murat …", er deutete in Richtung des Chefs. Dieser, gerade mit seinem heißen Teeglas und dem Anzünden seiner Zigarette beschäftigt, hörte seinen Namen, blickte auf – die Flamme des Zündholzes verfehlte seinen mächtigen Schnauzbart nur knapp – und nickte weise. „ … sind zu der Überzeugung gelangt, dass euer mitgeführtes Haschisch nur für den Eigenbedarf gedacht war. Sie möchten sich jetzt mit jedem von euch einzeln unterhalten."

Es war an mir den Anfang zu machen, und so trottete ich hinter einem der Gehilfen eine Treppe hoch, Mehmet und Murat hinter mir. Ich war seltsam gespalten, ein Teil von mir fühlte sich matt, kraftlos, resignativ an, war überdies dabei, auf das Selbstmitleidskarussell zu springen – diese Warum-gerade-ich-Geschichte –, aber ein kleiner Teil war durchaus am Brodeln, bereit dem Schock der Ereignisse, die mich – bildlich gesehen – wie eine Geröllllawine verschüttet hatten, ein bisschen Gesteinsfreiheit abzuringen, um wieder mehr Luft zum Atmen zu bekommen.

Oben ein großer Raum, dem links ein kleinerer angeschlossen war; dort nahmen wir an einer Art Konferenztisch Platz. Murat an der Stirnseite, Mehmet und ich uns gegenüber, der Gehilfe mit Stift und Papier im Hintergrund. Das Verhör wurde durch die Übersetzung etwas umständlich, die Worte in der fremden Sprache rasten wie ein langer Zug an meiner Wahrnehmung vorbei – alles schien aus einem Wort zu bestehen –, aber im Grunde kamen sie recht schnell auf den Punkt.

„Die Kollegen sind an euch gar nicht interessiert, würden aber gern den Verkäufer des Haschisch kennenlernen.“

Mehmet reichte mir eine Zigarette, gab mir Feuer, beugte seinen Kopf etwas vor und schaute mich väterlich an: „Die Sache läuft so, ihr gebt uns den Namen des Verkäufers, der ist geständig, am Montag – jetzt ist ja Wochenende – wird auf dem Polizeipräsidium ein Protokoll geschrieben und anschließend könnt ihr euren Urlaub fortsetzen.“

Ich hing an seinen Lippen, ich glaubte ihm, weil ich ihm glauben wollte, und so brauchten sie mich nicht zu bearbeiten, hatten ein leichtes Spiel mit mir. Ich kann nicht damit aufwarten, dass ich mir die Sache wirklich schwer gemacht hätte. Nein, Love, Peace, Ehre, Anstand, Moral, Stolz, Würde – was du nicht willst, das man dir tu, das füg auch keinem anderen zu – , Indianerkodex; all das fiel sehr schnell von mir ab, als wären es Verzierungen aus Zuckerguss, die dem ersten Regenschauer nicht standhielten. Mit dem Rücken zur Wand, reduziert auf ER oder ICH, ging ich meinem Schicksal nicht aufrecht entgegen, sondern rief

ER, nur dass ER nicht mein Gegenüber, mein Kontrahent beim Kampf Mann gegen Mann, sondern ein im Grunde unbeteiligter Dritter war, der 80 Kilometer entfernt eine kleine Oase des Friedens und des Vertrauens betrieb. Ihn opferte ich leichtfertig, um mein eigenes kleines Licht nicht ausgeblasen zu bekommen.

Nachdem ich alles zu Protokoll gegeben hatte, blieb es mir erspart, Joe direkt von meinem Geständnis in Kenntnis zu setzen, er wurde sofort nach Beendigung meines Gespräches verhört. Wir begegneten uns auf der Treppe, mein Grienen – aus Unsicherheit geboren – mochte ihm schon den Weg angedeutet haben, den ich gegangen war. Unten rutschte ich nervös auf der glatten Fläche des Holzstuhles hin und her, warf sehnsüchtige Blicke nach draußen, beobachtete den Ventilator auf Murats Schreibtisch bei seiner monoton nickenden Tätigkeit, klammerte mich an den Strohhalm „anschließend Urlaub fortsetzen …", zimmerte an Rechtfertigungstheorien, ja, die Schuldgefühle begannen an mir zu nagen, das Bereuen, als Gegengewicht auf der Waagschale: die Hoffnung.

Ich blickte mich um, Ablenkung, Halt suchend, sah hinter Murats Schreibtisch das obligatorische Kemal-Atatürk-Porträt. Mein Blick verweilte auf dem Bild. Es war fast immer die gleiche Abbildung, ob auf Briefmarken, Postkarten, Postern oder wie hier die gerahmte Variante, stets blickte er mit wohlwollendem Optimismus ins Leere, mit seinen zurückgekämmten Haaren erinnerte er mich an meinen Opa, ja, er hatte auch irgendwie etwas junggroßväterliches …

„Du hast ihn also verpfiffen."

Joe nahm neben mir Platz, riss mich aus meinen Verdrängungsgedanken.

„Ja, willst du hier im Knast verschimmeln?", ging ich in die Offensive.

„Du hast dich wieder selbst zu wichtig genommen."

„Überleg doch mal, in zwei Wochen fängt die Schule wieder an", lockte ich.

„Und damit du wieder auf deine geliebte Bühne der Selbstdarstellung zurückkehren kannst, markierst du hier den Judas und sprengst so ein nettes kleines Ding, wie es das „Paradis" ist, mit dieser einmaligen Art des Vertrauens, – PAFF – einfach so ...", fassungslos wedelte er mit den Armen, „... hinweg?"

Das saß. Nervös zündete ich mir eine Zigarette an, die Hände zittrig.

„Verdammt noch mal Joe, ich konnte der Versuchung einfach nicht widerstehen", flüsterte ich.

„Es ist wie so oft mit dir, du prügelst irgendwo rein, hinterher tut es dir furchtbar leid, und du bist die personifizierte Zerknirschung. Allmählich hab ich echt das Gefühl, diese Masche hat Methode."

„Mal was ganz anderes", lenkte ich ab, „was meinst du, wie die darauf gekommen sind, uns filzen zu wollen?" Er stieg darauf ein. "Ich vermute, dass einfach das Bild von zwei Reisenden wie uns – ein Langhaariger und einer in T-Shirt und Badehose – Anlass genug war, um mal genauer hinzuschauen."

„Oder jemand hat dich beobachtet, wie du das Piece verloren hast, und hat die Bullen angerufen."

Noch bevor wir diese Möglichkeit diskutieren konnten, wurden wir von einem der Gehilfen unterbrochen, der uns mit Gesten aufforderte nach oben zu gehen, wo wir in dem kleinen Raum mit dem Konferenztisch platziert wurden.

Mir stand nach wie vor der Sinn nach Ablenkung und so angelte ich das Reiseschach aus meiner Umhängetasche.

„Lass uns eine Partie spielen." Joe schaute mich zweifelnd an, so dass ich fortfuhr: „Jetzt ist sowieso Warten angesagt. Eine Partie ist besser, als grübelnd im eigenen Saft zu schmoren."

Schachspielen war unsere gemeinsame Passion. Wir hatten in etwa die gleiche Spielstärke, so dass die Tagesform entscheidend für den Spielausgang war. Joe war zweifellos der bessere Mathematiker, meine Stärken lagen mehr – obwohl es sich für ein Schachspiel seltsam anhören mag – auf der emotionalen Ebene. Aber Schach ist auch eine direkte psychische Auseinandersetzung, bei der Aspekte einer Persönlichkeit, wie Zaudern, Entscheidungsschwäche / -stärke, Killermentalität – um nur einige zu nennen – mit einfließen, die immer offensichtlicher werden, je besser man sich kennt … und wir kannten uns gut.

Wenn es optimal für mich lief, versuchte ich, Joe durch immer komplexere Verstrickungen im Spielaufbau zu einem Punkt zu bringen, an dem er oft den gleichen Fehler machte: Stark unter Druck gesetzt, in komplizierten Stellungen verhaftet, pflegte er sich dann scheinbar im Kreis um die Problematik herum zu denken, um am Ende aber dann doch die falsche Entscheidung zu treffen – oft den Zug, den er bereits zu Beginn seiner Gedankengänge verworfen hatte. Ich sah immer dann schlecht aus, wenn ich nicht die nötigen Visionen aufbringen konnte, um ein wirklich phantasievolles, verzwicktes Angriffsspiel zu entwickeln. Dann war ich seinen analytischen Fähigkeiten unterlegen.

Durch das regelmäßige Spielen in Schachcafés mit geräuschintensiven Hintergrundkulissen hatten wir beide Erfahrung mit dem Ausblenden-Können, dem Ganz-und-gar-Einsickern in die 64 Felder, dem Nichts-mehr-um-sich-herum-Wahrnehmen, und so konnten wir tatsächlich dort in der türkischen Polizeistation unter den geschilderten Umständen Schach spielen – und der allgegenwärtige Kemal Atatürk blickte gütig lächelnd über Joes Schulter hinweg ins Leere.

Die Partie war für mich eine Katastrophe. Die Situation, von der ich mich ablenken wollte, fand ich vor mir auf dem Brett wieder. Meine fulminant vorgetragene Angriffswelle, ein wie auf Sand gebautes Gebäude; meine vermeintlich trickreichen Finten leicht zu durchschauen; mein im ersten Moment halbwegs genial anmutendes Turmopfer in höchster Not verfehlte seine Wirkung und führte zu schmerzhaften Löchern in der Abwehr. Die anschließenden erbittert geführten Rückzugsgefechte konnten das Aufgeben nur hinauszögern, bis ich endgültig einer kompakten Doppeldrohung nichts mehr entgegenzusetzen hatte.

Während der gesamten Partie hatten wir beide geschwiegen, quasi jeder in seinem Schneckenhaus, dabei auch jedes Gefühl für die Zeit verloren. Uhren trugen wir beide nicht.

Meine Blase zwickte, zögerlich stieg ich langsam die Treppe hinab in die harte Realität, im hinteren Tresenbereich wurde sie noch härter, ich vernahm unterdrückte Schmerzschreie von rechts, drei Schritte vor und ich konnte den Raum ihrer Herkunft lokalisieren, sah über die spiegelnde Glasscheibe eines Schrankes nah beim Eingang in den Raum hinein: war das etwa Turguts schwermütiges still leidendes Gesicht? Bevor ich den Hals noch länger machen konnte, wurde ich durch einen zornigen Ausruf von links gestoppt, auf mein hastiges „Toilettes, Toilettes" winkte mich der Pockennarbige unseres Verhaftungstrios – ich glaube, er hieß Ali – in die andere Richtung und eskortierte mich nach meinem Toilettengang wieder nach oben, blieb auch dort.

Zutiefst verunsichert berichtete ich Joe von meinen Beobachtungen. Natürlich war ich schon gar nicht mehr so sicher, ob es wirklich Turgut gewesen war, den ich in dem Glasscheibenspiegel gesehen hatte, so effizient arbeiteten meine Verdrängungsmechanismen.

„Wenn das so ist, wie du sagst, Ronnie – ob mit oder ohne Turgut – dann wird hier auf demokratische Nettigkeiten wie Anwälte einzuschalten oder Gegenüberstellung – bei der du auch noch hättest widerrufen können – leider verzichtet, sondern die Geständnisse gleich aus den Leuten raus geprügelt. Bastonade Alter, falls du Karl May, Abteilung Kara Ben Nemsi vergessen haben solltest: Auf den Bauch, Füße hoch und immer drauf mit dem Rohrstock, bis die Sohle platzt."

Joe überschüttete mich zumindest nicht weiter mit Vorwürfen, sondern versank ebenfalls in brütendes Schweigen, während draußen bereits die kurze Dämmerung einsetzte.

„Ey, sag mal Joe, hast du auch Hunger?" Er verzog angewidert sein Gesicht. „Wie kannst du in dieser Situation an so etwas Banales wie Essen denken?" „Entschuldige, wieso denken? Das Letzte, was ich gegessen habe, war ein Döner auf dem Busplatz. Das ist Stunden her, ich habe schlicht und einfach jetzt wieder Hunger." Wie zur Bestätigung knurrte mein Magen so laut, dass Ali mich neugierig anblickte, was mir Gelegenheit gab, ihm die internationale Essensgeste darzustellen. Er grinste, wiederholte meine Gestik, hielt seine linke Hand auf, tippte mit dem Zeigefinger der Rechten auf die Handfläche und artikulierte langsam: „*Para, Para.*"

„Ach so, Vorkasse", ich gab ihm einige der schmierigen Lira Scheine und orderte zwei Döner. Ali kehrte recht bald zurück, das mitgegebene Geld hatte sogar noch für zwei Colas gereicht. Inspiriert durch den Geruch begann auch Joe zu essen. Ich kaute mechanisch, die Geschmacksnerven zuvor durch übermäßigen Nikotinkonsum betäubt, schmeckte es pappig und fad.

Murat erschien, mein Blick suchte seine Kleidung nach Blutspritzern ab, fand aber keine.

Wir wurden ins Erdgeschoss geleitet – von Ergin und Turgut dort nichts zu sehen oder zu hören – und in einen Raum gebracht, der anscheinend den Polizisten zum Umkleiden diente. Die Stirnseite und eine Längsseite waren durch graue metallene Spinde belegt, es gab ein paar recht schmale Holzbänke sowie ein längliches Klappfenster oben, kurz unter der Decke. Hier sollten wir die Nacht verbringen.

Ich weiß nicht, wie viele Stunden wir noch stumm auf den Bänken gesessen haben. Zu zweit, aber doch allein, jeder für sich – meine Restenergie konzentrierte sich auf die Verdrängung der Schuldgefühle, Joe wahrscheinlich damit beschäftigt, das Gerüst seiner Theorien vor dem Einsturz zu bewahren – konnten wir uns keinen Halt geben. Schließlich rollten wir unsere Schlafsäcke auf den Holzbänken aus.

Im Traum erschien mir Turgut, verschwommen zunächst, sein Gesicht in der Glasscheibe gewann dann an Klarheit, zoomte sich näher, mit halbem Blick unter schweren Lidern zeigte er auf einen kahlen Baum, auf dessen unterstem Ast Ergin saß, beide Füße mit schmuddeligen Verbänden umwickelt. Er winkte mich heran, zog mit beiden Händen sein Hemd im Brustbereich auseinander, um mir sein Amulett zu zeigen; ein kleines goldenes Kreuz, als wolle er sagen: „Schau her, ich bin kein Moslem, mich stört es nicht, dass du nur eine Badehose anhast ...“

Kalter Wind ließ mich schaudern, ich blinzelte in das grelle Licht einer Glühlampe, die nackt von der Decke herunterbaumelte, drehte mich um und stand plötzlich gefesselt am Marterpfahl in einem Indianerdorf. Der grotesk geschmückte Medizinmann brachte unweit vor mir seine Folterzangen im Feuer zum Glühen. Seine Stammesbrüder, die uns im Kreis umtanzten, trugen alle mächtige, lang herabhängende Schnauzbärte, aus dem Vollmond heraus lächelte Kemal Atatürk gütig auf mich herab ...

Meine Eltern tauchten vor mir auf, der vorwurfsvolle Blick meiner Mutter ließ mich Rechtfertigungen stammeln. Ihre Augen wurden zu Flammenwerfern, es wurde heiß um mich herum …

Und ich erwachte schwitzend.

Helligkeit von draußen zeigte den neuen Tag an. Froh, der bizarren Szenerie meiner Träume entkommen zu sein, war mein erster Gedanke: das Konsulat! Murat hatte mir gestern die Telefonnummer aufgeschrieben, ich vergewisserte mich, ja, der Zettel steckte noch in meiner Tasche.

„Moin Joe, wach auf, die Nacht ist durch." Unwilliges, morgenmuffeliges Knurren war die Antwort.

„Ich geh mal nach vorn, vielleicht kann ich jetzt schon beim Konsulat anrufen." In der Wachstube saß Murat bereits hinter seinem Schreibtisch. Auf mein „Telefon, Konsul" deutete er auf ein schwarzes, altmodisches Wandtelefon, welches an einem Pfeiler neben dem Tresen angebracht war. Aufgeregt, mit Herzklopfen, wählte ich die Nummer und war tatsächlich mit dem deutschen Generalkonsulat von Izmir verbunden.

Ich berichtete einer Frau von unserer Situation und dem Versprechen einer schnellen Freilassung. Sie sagte zu, uns umgehend einen Dolmetscher zu schicken, einen Herrn Knersch. Mit einer Stimme, die keine Anteilnahme erkennen ließ, fügte sie hinzu: „Was Ihnen versprochen wurde, ist völlig unerheblich. Sie müssen auf jeden Fall mit einer Haftstrafe von zweieinhalb Jahren rechnen." Wie betäubt legte ich auf, der letzte Satz traf mich ins Mark.

Etwas zerbrach in mir, hört sich pathetisch an, das Kartenhaus meiner Hoffnungen fiel in sich zusammen – alle vorstellbaren Klischees trafen zu – ein Schmerz in mir – saß dort das Gewissen? – trieb mir die Tränen in die Augen, Schwindelgefühle, ich hielt mich am Pfeiler fest. Der Verräter verraten, er oder ich, pah, er UND ich und Turgut noch gleich dazu. Geräuschvoll zog ich meinen Naseninhalt hoch, wischte meine Tränen ab und blickte voll Verachtung und unterdrücktem Hass in Murats Richtung. Der schien meinen emotionalen Aufruhr zu spüren, blickte kurz auf und bellte Anweisungen zu seinen Gehilfen, die uns – Joe erschien gerade im Türrahmen des Umkleideraumes – nach oben scheuchten.

„Ronnie, was ist los, du siehst ja aus wie der Tod auf Latschen."

„Wir müssen auf jeden Fall in den Knast, sagen die vom Konsulat. Es war alles umsonst", stammelte ich. Joe spürte meine desolate Verfassung, erging sich nicht in Vorträgen, sondern zündete mir eine Zigarette an, die ich dankbar annahm. Ich stand unter Schock. Mein Herz raste, ich schwitzte, in meinen Ohren ein Rauschen, der Boden fing an, vor meinen Augen zu verschwimmen, wellenartig bewegte sich die Luft im Raum auf mich zu.

Ein Schmerz an meinen Fingern holte mich kurz zurück, die Glut der Zigarette hatte mich angesengt, ich ließ sie fallen, ein Blick zu Joe; er war verschwunden. Die Wände bekamen Beulen, zerflossen, Kemal grimassierte in meine Richtung. Aber das Wesentliche für meinen immer abgehobeneren Zustand waren die Wellen der Luft, in immer kürzeren Zeitabständen kamen sie auf mich zu, machten mich immer leichter, umwaberten mich … und ließen mich das offene Fenster bemerken.

Der Drang, mich zu entziehen, wurde immer mächtiger. Die Schuld, die ich auf mich geladen hatte, eine Bürde, ein Päckchen? Ein Hinkelstein! Den ich nicht bereit war zu tragen.

Meine Angst vor dem Verlust meiner „Freiheit". Mein Nichterkennen der Chance, eine Erfahrung fürs Leben zu machen. Ich konnte – wollte mein Schicksal nicht annehmen, wollte ausbrechen. Bevor ich verurteilt wurde, verurteilte ich mich selbst ... und war kurz davor, es sofort zu vollziehen, war auf der Kippe, mir mein Licht selbst auszublasen ... und die Wellen trieben mich an.

Ich sah mich um, ich war allein und ich nahm es an. Ließ mich von den Wellen der Trance überrollen, mitreißen, mein Bewusstsein im Strudel, selbst initiiert, die eigene Falle, die eigene Feigheit ... vier Schritte zum Fenster, zum furiosen Finale ... ich stemmte mich hoch ... und sprang ...

Ich hastete durch dunkle Gänge, eventuell Katakomben, fühlte mich verfolgt, von wem, warum: unklar. Endlos, ohne wirklich voranzukommen. Dann doch ein Fortkommen, der Gang unterbrochen, nur leicht durch kleine Ausbuchtungen, in denen nicht klar konturierte Menschen auf Bänken saßen – waren sie in einer anderen Dimension? – weitere dunkle Gänge, Röhren gleich, endlich ein heller Punkt in der Ferne, verwirrend nur, dass der Weg dorthin anscheinend abwärts führte. Plötzlich, ich war gerade wieder in einem dieser Zwischenräume, tauchte ein Typ in einem karierten Holzfällerhemd vor mir auf. Er nuschelte etwas Unverständliches, ich beugte mich zu ihm, um ihn zu verstehen. „Hier, du hast etwas verloren", und drückte mir einen Wollfaden in die Hand. Überrascht blickte ich auf, nahm gerade noch verblassende Karos wahr und blickte in ein graues Gerät über mir.

Technisches Museum, überlegte ich. Hintergrundgeräusche blendeten sich ein, Stimmen, ich blinzelte, begriff: ein Röntgengerät, vermutlich ein Vorkriegsmodell. Ich lag auf einem Behandlungstisch, rasende Kopfschmerzen, unscharfer Blick, meine Brille? Der Versuch, meinen Kopf zu drehen, führte zu verstärkten Schmerzattacken.

„Ah, Herr Ronnie, keine Angst. Es wird alles gut." Ich schaffte es, die Stimme in mein Blickfeld zu bekommen.

Ein Mann im weißen Kittel – Goldrandnickelbrille, schwarze Locken, kein Schnauzbart – war gerade dabei, eine Röntgenaufnahme meines Schädels gegen das Licht zu betrachten.

„Platzwunde am Hinterkopf, zu klein zum Nähen, gute Zähne übrigens", er legte die Aufnahme beiseite, schaute mich aufmunternd an.

„Ansonsten Schulteranbruch links und drei angebrochene Rippen, ebenfalls links. Sehr viel Glück für einen Sturz aus sieben Metern Höhe. Sogar Ihre Brille ist unversehrt." Vorsichtig, fast zärtlich setzte er mir meine Brille auf.

Mein Gehirn arbeitete langsam, selbst das Denken tat weh. Ich hatte überlebt, sollte noch nicht abtreten, war oben – unten? – nicht angenommen worden, fühlte mich mit Joes Theorien vereinigt, akzeptierte jetzt endlich mein Schicksal. Dankte meinem Schutzengel. Kopf oder Zahl – russisch Roulette – Sprung aus dem Fenster – ich musste fast grinsen bei diesen Gedanken, während der Doc – froh seine Deutschkenntnisse zur Anwendung zu bringen – munter weiter plauderte: „Sie werden sehen, zwei Wochen Ruhe und liegen in unserem Hause, dann sind Sie wieder komplett hergestellt. Jetzt allerdings", er deutete mit dem Kopf rechts zur Tür, wo Ali und der Glatzköpfige bereits warteten, „fahren diese Herren mit Ihnen ins Polizeipräsidium, wo noch einige Formalitäten erledigt werden müssen." Ich schaute zweifelnd in ihre Richtung. Wie sollte das funktionieren, da ich das Gefühl hatte, mich kaum bewegen zu können?

„Oh ja, das geht, langsam, ganz langsam, so, Beine runter, Ihre Schuhe sind auch da, sehen Sie, sehr schön, *çok güzel* ." Er strahlte mich an.

Ich stand, etwas unsicher zwar, aber doch selbstständig. Der Arzt musterte mich, zauberte zwei Sicherheitsnadeln aus seinem Kittel und steckte damit mein T-Shirt zusammen, welches im Zuge der Untersuchungen während meiner Bewusstlosigkeit entlang des Brustbeins von oben nach unten komplett aufgeschnitten worden war. Das Stehen strengte mich an, der Schweiß lief. Ich spürte meine pelzige Zunge im Mund und krächzte „Wasser ... bitte."

Ich versuchte die rechte Hand in Richtung der mir vom Doc gereichten Wasserflasche zu heben, was mit Schmerzüberwindung verbunden war, aber der Durst war stärker. Langsam, ganz langsam sog ich das Wasser in mich ein, jeden Schluck genießend, um den Augenblick, da dieses Lebenselixier in mich hineinfloss, voll auszukosten.

Vielleicht ahnte ich in dem Moment schon, dass in den folgenden Wochen – Monaten – Jahren – die ganz kleinen Annehmlichkeiten des Lebens an Bedeutung gewinnen würden.

Ich gab ihm die vollständig geleerte Flasche zurück. „Also dann, danke Doc." Er grinste. „Nicht dafür, die medizinische Behandlung ist kostenlos. Sie bezahlen nur Verpflegung und Übernachtung."

Ich setzte mich schwerfällig schlurfend in Bewegung, der Schmerz gesellte sich zu mir als ständiger Begleiter.

Ali und der andere nahmen mich in Empfang, eskortierten mich zum Ausgang. Die Stufen dort zu bewältigen benötigte meine ganze Willenskraft, zumal die Hitze, die mich im Freien erwartete, gnadenlos war.

Die nächste Spielart der Tortur war die Autofahrt, bei der ich auf der Rückbank – zwischen Ali und Glatze – herumrutschte, immer bedacht, mein Gleichgewicht zu halten. Die erfreulich kurze Fahrt endete mitnichten beim Polizeipräsidium, sondern vor der mir bekannten Polizeistation.

Im Zuge meiner Versuche, mit dem Schmerz umzugehen – die Treppe in der Polizeistation auf sportlich wie ein Bergsteiger in den Alpen, der sich quälen muss, die letzten Meter zum Gipfel zu überwinden –, hatte sich eine Art stoischer Gleichmut in mir breit gemacht, der auch durch die Konfrontation mit meinem „Tatort" – das Fenster, jetzt geschlossen –, nicht erschüttert wurde. Ich witterte die Chance einer Wiedergutmachung, als ich im kleinen Raum am großen Tisch Joe, Murat, Turgut und Ergin erblickte.

Meine Hoffnung auf Widerrufung wurde durch einen älteren Herren mit zerfurchtem Vierkantschädel, wohl der Konsulatsdolmetscher, sofort weg gebügelt. Während Joe und ich noch mit den Augen sprachen, schnarrte er los:

„Herr Ergin hat gestanden, das Rauschgift an ihren Freund Joe verkauft zu haben. Die Protokolle sind bereits unterschrieben. Hier", ich stand derweil noch an der Tür, er kam auf mich zu, wedelte mit dem Papier, das er in meiner Nähe auf den Tisch klatschte, „unterschreiben Sie hier, dann können Sie unverzüglich ins Krankenhaus zurückgefahren werden."

Ich suchte Joes Blick, hilfloses Nicken. Turgut, Ergin, keine hasserfüllten Blicke, eher Mitleid mit meiner desolaten Erscheinung. Murat grimmig, mein Sprung für ihn eine persönliche Niederlage. Ich unterschrieb.

„Halte durch, Ronnie, lass mich das nicht allein durchleben", sagte Joe mit einer Stimme, die ich bis dahin von ihm noch nicht kannte. Ich drehte mich zum Ausgang, der Satz echote in mir, gab mir Kraft für den beschwerlichen Abstieg, festigte mich in der Hitzewelle am Ausgang; nein, Joe, ich werde dich nicht enttäuschen, wir sehen uns noch in dieser Welt, unsere Schicksale sind miteinander verknüpft.

Vor dem Krankenhaus wurde ich vier Soldaten übergeben. Ein kleinerer, älterer, Hauptmann vielleicht, mit ein paar mehr roten Streifen auf den olivgrünen Schultern – eine rote Armbinde mit weißem J trugen sie alle – hatte das Kommando. Sie geleiteten mich zu einem mit etwa zwölf Betten belegten Raum und wiesen mir das letzte freie Bett gleich neben der Tür zu.

Die Jungs, teils jünger als ich, begannen mich auf Anweisung ihres Hauptmanns anzuketten, die Füße unten am Endgitter, die Handgelenke links und rechts an den Unterrohren. Was sollte das, es war lächerlich, ich konnte mich sowieso kaum rühren, war froh zu liegen. Meine Entrüstung spürend, hoben sie hilflos die Schultern und verschwanden nach getaner Arbeit.

Ich fühlte mich unendlich einsam, schutzlos, ausgeliefert, meine Welt zusammen geschrumpft, reduziert auf einen einzigen schmerzfreien Blickwinkel: auf die ockerfarbene Decke. Zu allem Überfluss befand sich irgendwo in diesem Raum ein Mitpatient, der in regelmäßigen Abständen ein monoton gestöhntes „Allah" ausstieß. Wenn mich die Verhaftung schon auf Null gebracht hatte, so war ich jetzt im Negativ-Bereich einer eventuell nach unten offenen Skala. Es erschien mir alles so irreal, ich schloss meine Augen, „Allah" ertönte es. Mantra-artig.

Oh, wie sehr wünschte ich mir, die Augen zu öffnen und festzustellen: alles nur geträumt. Die turbulenten Ereignisse der letzten 24 Stunden: nur eine Möglichkeitsform. Der Verrat: nur eine Sequenz dieser Siebziger-Jahre-Problem-filme. Die Trance im Schnelldurchgang mit meinem Leben abzuschließen, der Sprung: nur die Spiegelung eines Horrortrips, der Lauf durch die dunklen Gänge – eine Fahrt mit der Geisterbahn auf dem Hamburger Dom.

Hingegen, die Ketten an meinen Gliedmaßen – unmissverständlich: Nein, Ronnie, du bist hier, gefangen, ausgeliefert, … aber du lebst!

Ich dämmerte vor mich hin, war ein „Läufer", begrenzt auf die schwarzen Felder inmitten der vierundsechzig, versuchte „Dame" zu werden, mit ihrer Macht zwischen schwarzen und weißen Feldern zu wechseln, oder wenigstens „Pferd", um elegant Barrieren zu überspringen ... und verspürte den langsam stärker werdenden Druck in meiner Blase.

Rettung, nein, zu viel; Erleichterung nahte kurz darauf ausgerechnet durch den vierkantschädeligen Konsulatsdolmetscher. Na bitte, die BRD sorgte eben doch für ihre gestrauchelten Kinder. In seiner Begleitung der Hauptmann, einer der Soldaten und eine in weiß gekleidete Erscheinung, vermutlich ein Pfleger.

„Sollen die Ketten hier zum Dauerzustand werden? Aktuell muss ich nämlich mal zur Toilette."

„Nein, nein", beschwichtigte der Dolmetscher – hieß er Knirsch? – „es gibt hier im Keller extra eine Krankenabteilung für Strafgefangene, die derzeit aber belegt ist, ein zusätzlich eingerichtetes zweites Krankenzimmer für Häftlinge ist auch voll. Dort wird aber morgen ein Bett frei, in das Sie dann verlegt werden."

Der Soldat hatte unterdessen meine Fesseln gelöst. Mit der Hilfe des Pflegers zog ich ein Krankenhausnachthemd an, eine mühsame Prozedur, da ich meinen linken Arm nur unter starken Schmerzen bewegen konnte.

„Ich komme in den nächsten Tagen wieder, werde dann auch Ihr Gepäck mitbringen", fuhr Knirsch fort und wandte sich bereits zum Gehen, als mir noch etwas einfiel.

„Herr Knirsch", sein Vierkantschädel drehte sich zu mir. „Musste der zweite Mann, Turgut, auch ins Gefängnis oder ist der wenigstens frei gekommen?"

„Nein, nur dieser Ergin ist nach Buca gekommen, der andere durfte gehen."

Ich fragte mich, ob er tatsächlich gehen konnte oder seine Fußsohlen auch bearbeitet worden waren.

Der Hauptmann redete auf Knirsch ein, deutete in meine Richtung, fummelte dabei an seinem Ohr herum.

Knirsch sprach mich an: „Nehmen Sie doch bitte ihren Ohrring ab, den brauchen sie hier nicht."

Brauchen? Wie originell, mein aufkommendes Lachen wurde durch meine schmerzenden Rippen jäh gestoppt. Der Pfleger pflückte mir das Teil aus meinem Ohrläppchen, es landete auf dem Nachttisch. Er war es auch, der mich bei meinem Gang zur Toilette unterstützte.

Nach Ewigkeiten erreichte ich schweißgebadet und völlig erschöpft wieder mein Bett, wurde von einem „Allah" begrüßt. Es war das Mantra eines alten Mannes, dessen eingegipstes Bein in die Höhe ragte, fixiert an einem Gestell, das einer überdimensionalen Triangel glich. Der Pfleger, ein junger Mann ohne Bartwuchs mit grünen Augen, blickte mich fragend an, führte dabei eine Hand zum Mund. Ich brachte die Andeutung eines Kopfschüttelns zustande, nach Essen war mir nicht zumute. Die beiden Schmerztabletten nahm ich jedoch dankbar an.

Die Luft im Krankenzimmer war stickig und stinkig. Familienbesuch noch zusätzlich im Raum, die Geräuschkulisse, das Meer der Stimmen, die „Allah"- Rufe des Alten dazu gaben dem Ganzen den Anstrich eines Kuriositätenkabinetts. Kaum lag ich wieder, kettete der Soldat mich an, beschränkte die Fesselung auf meine Fußgelenke. Sodann alleingelassen, fiel ich wieder in einen Dämmerzustand.

Was sollte der Typ im Holzfällerhemd mit dem Faden, der rote Faden? Mein Leben an einem Faden? Meine Verknüpfung mit Joe? Grübelte ich und fiel in einen traumlosen Schlaf.

Ich erwachte mit Anbruch des Tages, brauchte einige Zeit, um zu begreifen, wo ich war und wie ich hieß. Der Alte ließ sein „Allah" hören, kein Weckruf wie der eines Hahns, kraftvoll am frühen Morgen, eher ermattet, resigniert. Sollte er die Nacht durchgemacht haben? Oder war es eher ein Indiz für seine allmählich schwindende Lebensenergie?

Meine Lebensenergie hingegen … ich fühlte in meinen Körper, spürte, links ging noch gar nichts, Schmerzwellen bei dem Versuch, den Arm zu heben, aber besser als gestern. Der Schmerz nicht mehr allumfassend, sondern auf Teilbereiche beschränkt. Das Rasseln der Ketten ließ mich den Soldaten bemerken, der meine Füße befreite. Den anschließenden Gang zur Toilette meisterte ich bereits allein – na ja, der Soldat begleitete mich natürlich –, wackelte mit kleinen Schritten, immer auf Schmerzvermeidung bedacht, über den Flur.

Bei meiner Rückkehr stand ein kleines Frühstück aus Fladenbrot, Schafskäse, Oliven, Jogurt, Tee auf dem Nachttisch. Jetzt keine Fesselspiele mehr, dafür eine Wache an der Tür. Ein junger Soldat mit asiatischen Gesichtszügen, der mir neugierig beim Essen zusah, kleine Kunststücke mit seinem Gebetskettchen vorführte, das er geschickt mit hoher Geschwindigkeit durch seine Finger laufen lassen konnte, Überschläge ausführen ließ, und der sich kindlich an meinem Staunen erfreute.

Kurz darauf erschien der gut gelaunte Arzt von gestern, mit ihm der grünäugige Pfleger, der einen Rollstuhl mitbrachte.

„*Gün Aydin*, guten Morgen Herr Ronnie, wie geht es Ihnen heute", begrüßte er mich. Meine Antwort nicht abwartend, betastete er mich routiniert mit flinken Fingern, fühlte leicht hier und dort, versprühte Lebendigkeit und Optimismus.

„Sie haben sich schon gut erholt, wie ich sehe", fuhr er lächelnd in seinem leichten Plauderton fort, „wir haben ein sehr schönes Zimmer für Sie mit angenehmer Nachbarschaft. Sie werden überrascht sein."

Halbe Drehung, dirigieren von Anweisungen, schon saß ich im Rollstuhl. Der Doc setzte seine Visite fort. Der Soldat schob, der Pfleger Türen öffnend voran, so rollten wir über die Flure.

Ein kleines Zwei-Bett-Zimmer, deutlich kühler als das vorherige, vermutlich Nordseite, die Wände nett hell getüncht. Im linken Bett liegend ein vornehm wirkender älterer Herr, vielleicht sechzig, silbergraue Haare, glattrasiert, ebenmäßige Gesichtszüge.

„Guten Morgen der Herr, seien Sie willkommen, ich habe schon von Ihnen gehört. Ich heiße Salim", begrüßte er mich und es klang seltsam vertraut.

„Sie sind aus Hamburg", entfuhr es mir freudig.

Und ich hatte richtig gehört, Salim kam tatsächlich aus Hamburg. Die so angestoßene Assoziationskette lief natürlich gleich weiter, riss mich aus meiner rein auf Schmerzvermeidung fixierten Introvertiertheit. Befreite mich aus einem Stadium meines Krankenhausaufenthaltes, in dem ich Szenen erlebt oder gesehen hatte, von denen ich nicht mehr wusste ob sie geträumt waren oder real von mir durchlebt. Hamburg, Heimat, Schule, Wohnung, Freunde, Geschwister, Eltern …, oh ja Eltern, tauchen hier zuletzt auf, stehen eigentlich aber am Anfang. Wie würden sie reagieren, sich sorgen, grämen, hilflos, ohnmächtig? Der Sohn in der Ferne. Gefangen, verletzt obendrein.

Die Verletzung, der Schmerz war es auch wieder, der meinen Grübeleien, Gedankenspielen, die sich mit dem Moment der Übermittlung der Schlagzeile: „Sohn Ronnie im Knast – nein erst noch im Krankenhaus, da aus dem Fenster gesprungen" und deren verschiedenen Möglichkeiten der Reaktion auf die Nachricht beschäftigten, eine Pause verordnete. Mein geschwächter Körper gestattete sich alle Energien zu ziehen, der Rest des Tages verging mit Dösen und Schlafen.

Salim erwies sich als angenehmer Mitgefangener. Ihm wurde vorgeworfen, irgendwelche technischen Ersatzteile illegal im Kofferraum seines amerikanischen Straßenkreuzers in die Türkei eingeführt zu haben. Eine Anschuldigung, die sich vor Gericht als haltlos erweisen würde, behauptete Salim. Er nutzte die Zeit, sich seine schmerzenden Hämorrhoiden operativ entfernen zu lassen.

Überhaupt ging er mit seiner Gefangenschaft souverän um, als habe er diese Möglichkeit von vornherein einkalkuliert.

„Es gibt einen türkischen Ausdruck", lehrte er mich, „*söyle, böyle*", mal so, mal so, so wie das Leben, mal Berg, mal Tal, mal oben, mal unten. Und *Kismet*, Schicksal, nicht vorhersehbar, unergründlich."

Allerdings kannte er das hiesige Gesellschaftssystem und seine Spielregeln, die Sprache und nicht zuletzt die Religion. So wurde Salim durch seine gelassene Art für einige Tage mein Mentor, eine Vaterfigur, die nichts von mir forderte und an der ich, Halt suchend, trudelnd, Kopf ungeordnet – haben wir jungen Männer nicht alle ein Vaterdefizit? – dankbar andockte.

Ich beichtete ihm meine Tat, worauf er eher konservativ reagierte:

„Ein Haschverkäufer in der Türkei muss damit rechnen, von einem Kunden, der unter Druck gesetzt wird, verraten zu werden."

Er sah aber durchaus die andere Seite der Medaille.

„Wobei es für die Charakterstärke des Kunden spricht, den Verkäufer nicht preiszugeben, im Umkehrschluss, also bei Verrat, auf eine Charakterschwäche des Kunden hinweisen könnte.

Anspruch und Wirklichkeit. Damit klarzukommen soll vielleicht deine Aufgabe für die kommende Zeit sein."

Diesbezüglich trudelte ich also weiter.

Knirsch erschien am dritten Tag mit meinem Rucksack und Nachrichten von draußen. Durch Joe mit den notwendigen Informationen versorgt, hatte das Konsulat Kontakt mit unseren Familien aufgenommen. Ein vom Konsulat empfohlener Anwalt, Herr Dr. K., würde mich im Laufe der nächsten Tage zwecks Erteilung einer Prozessvollmacht aufsuchen.

Doc Freundlich erschien täglich, um den Fortschritt meiner Genesung zu begutachten.

Die Jungsoldaten bewachten unser Krankenzimmer meist zu zweit, manchmal zu dritt, waren im Grunde keine einfachen Soldaten, sondern *Jandarma*, Militärpolizei. Ein Hinweis auf die starke Rolle des Militärs innerhalb des türkischen Staates und ein Indiz für das Ungleichgewicht der demokratischen Kräfte des Systems. Die Jungs selbst waren sehr nett, wirkten Anteil nehmend und hilfsbereit. Einer von ihnen, der asiatische, dessen geschicktes Spiel mit seinem Gebetskettchen ich immer wieder bestaunte, schenkte mir sogar sein *Tespih* und versuchte mir seine Tricks beizubringen, dies jedoch mit mäßigem Erfolg.

Gegen ein geringes Trinkgeld tätigten unsere Bewacher kleine Einkäufe für Salim und mich, besorgten türkische Tageszeitungen, Obst, Süßigkeiten, gar Softeis. Ich schaffte es, ganz im Hier und Jetzt zu konsumieren, schlang gierig alles querbeet in mich hinein und wurde prompt mit Durchfall bestraft. Doc Freundlich half mit Kohletabletten. Dieses Zwischenspiel endete mit Salims Operation und meiner Verlegung in den Krankenhauskeller.

Eine Sechsbetten-Zelle – Gitter statt Tür – überwiegend belegt mit den Opfern irgendwelcher Schusswechsel oder Messerstechereien, von denen keines Deutsch sprach. So wieder allein auf mich zurückgeworfen, ohne Ablenkungen, erwarteten mich die unbearbeiteten Themen in mir. Die dunklen Abgründe, auf die ich langsam zu rutschte, unausweichlich die Fragen, die nach Auseinandersetzung schrien, nein, darauf bestanden, unerbittlich.

Hier, sag, warum hast du es getan, ihn verraten und dann dich verpissen wollen, weil es nicht so geklappt hat, wie du dir es vorgestellt hast, dein Ego, so riesengroß, aber glaubst du, es hat Flügel? Deine speziellen Disziplinen: Verdrängen, Ausblenden, Weglaufen. Löse dich von ihnen. Du hast nichts zu verlieren, bist ganz unten angekommen, nutze die Chance und wirf sie über Bord …, stelle dich und werde endlich erwachsen!

Ich schmolz, wälzte mich, schämte mich, jammerte, flehte, hatte keine schlüssigen Antworten, nur dürre Ausflüchte, bat um Aufschub, war weit entfernt vom Verstehen, noch weiter vom Verarbeiten der Ereignisse. Ich haderte mit mir, weil ich so war, wie ich war, und mit meinem Schicksal, weil es so war, wie es war.

Die erste Nacht im Keller, ein Albtraum ohne Traum. Am Morgen, ein bisschen musste ich doch geschlafen haben, erwachte ich mit tränennassem Gesicht, traurig und geschwächt starrte ich auf die Gitterstäbe. Sie begannen vor meinen unbebrillten Augen ein Eigenleben zu führen, verschwammen, wellten sich, tanzten, veränderten ihren Rhythmus durch mein Blinzeln. Mit leerem Kopf gab ich mich den hypnotisierenden Bildern hin: Die Gitter changierten vom Schilf im Wind zum eisernen Vorhang, von drohenden Knüppeln zu weichen Fragezeichen, vom Schlangentanz zu den Bestandteilen eines Fliegenvorhangs …

… und entführten mich in ein Traumland, wo Joe zu mir sagte: „Du nimmst dich selbst zu wichtig, wie kannst du jetzt schon wieder Hunger haben?" Er zog einen roten Wollfaden aus der Brusttasche seines Holzfällerhemdes und überreichte ihn mir.

„Was soll ich damit?", nörgelte ich.

„Essen, äußerst nahrhaft und stärkt das innere Selbst."

„Iih, das ist ja bitter", nuschelte ich, der Faden quoll in meinem Mund auf und gewann an Substanz.

„Das ist ja auch kein Kindergeburtstag hier", sagte Knirsch, der plötzlich neben Joe stand und ihm am Ohrring herum zupfte. „Erwachsen werden ist harte Arbeit und den", er zog Joes Ohrläppchen in die Länge, „brauchen Sie hier nicht."

Doc Freundlich – neuerdings im karierten Kittel – poppte neben Knirsch aus dem Boden, patschte ihm auf die Hand, so dass dieser Joes Ohr endlich losließ, das Ohrläppchen flippte in die Ausgangsstellung zurück. Der Doc lächelte mich an. „Sie werden überrascht sein, es gibt keinen Keller unter dem Keller."

Sie sangen im Kanon, tanzten Polonäse,

… brauchen Sie hier nicht …

… stärkt das innere Selbst …

… Sie werden überrascht sein …

… gibt keinen Keller unter dem Keller …

… ein Kindergeburtstag …

Alle echoten durcheinander, wurden von einem schrillen Gekreisch übertönt… dem Stille folgte.

Ich erwachte mit einem bitteren Geschmack im Mund. Ein älterer Herr im Anzug stand neben meinem Bett. Wer war das nun wieder, würde er auch gleich anfangen zu singen? Er sprach mich mit holperigem Deutsch an.

„Sie sind Herr Ronnie?"

„Meistens", brachte ich hervor, richtete mich mühsam auf, angelte meine Brille und trank etwas Wasser, „zur Zeit eher Kalli Kellerassel."

Er schaute mich verständnislos an und reichte mir seine Rechte für einen schlaffen Händedruck.

„Ich bin Dr. K., Rechtsanwalt, das deutsche Konsulat hat mich über ihren Fall informiert."

Er schob seine riesige Hornbrille zurecht, nestelte an seiner Krawatte. Alles in allem hatte er die anheimelnde furztrockene Ausstrahlung eines deutschen Beamten in einer KFZ-Zulassungsstelle kurz vor Feierabend. Langatmig und umständlich berichtete er von der Möglichkeit, die Haftstrafe nach der Verurteilung durch eine Kaution auszulösen, so dass die zu erwartende Haftzeit maximal ein halbes Jahr betragen würde. Allerdings benötigte er für die offizielle Erteilung der Prozessvollmacht jetzt meinen Ausweis.

Ich glaubte ihm kein Wort, hatte genug von Strohhalmen aller Art, drückte ihm trotzdem meinen Personalausweis in die Hand. Ich wollte ihn schnell loswerden, den Kopf noch voller Traumbilder fiel es mir ohnehin schwer, mich auf den Advokaten zu konzentrieren, zudem musste ich dringend pinkeln.

Gemeinsam gingen wir zur Gittertür, ein *Jandarma* öffnete die quietschende Tür, noch ein schlaffer Händedruck, er links den Gang zur Freiheit, ich rechts zum Abort, mein erster Besuch auf dem Kellerklo. Das Loch im Boden hinter einer Holztür war ein böser Angriff auf meine Sinne. Der Geruch Übelkeit erregend, der Anblick unbeschreiblich. Ich bekam es knapp hin, zu pinkeln ohne zu kotzen und betete, für die restliche Zeit meines Aufenthaltes hier unten meinen Darminhalt für mich behalten zu dürfen.

Wieder im Bett und durch ein Frühstück gesättigt, versuchte ich Gedachtes und Geträumtes niederzuschreiben, Ordnung in meinen Kopf zu bringen. Ich hatte das Gefühl, der letzte Traum überbrachte mir eine Botschaft, ein Geschenk bei aller Qual, eine Erkenntnis, einen Hinweis, irgendeinen Blickwinkel, der mir bis dahin noch nicht aufgefallen war. Ich ging meine bruchstückhaften Aufzeichnungen nochmals durch. Der rote Faden vielleicht, na gut, ich hatte den Faden verloren, etwas banal. Ich sinnierte weiter und dann hatte ich es, ja, ganz eindeutig, das fühlte sich richtig an.

Wenn ich jetzt ganz unten angelangt war und vorausgesetzt, es gab keinen Keller unter dem Keller; ganz klar; dann konnte es nur noch aufwärts gehen!

Diese Schlussfolgerung berührte mich, schenkte mir ein kleines Glücksgefühl, gab mir ansatzweise mein positives Denken zurück, war mir ein kleines Fundament im Sumpf. Ich nutzte den kleinen Aufwind, um ein paar Vorsätze zu Papier zu bringen, so wie sich manche Menschen am Silvestertag persönliche Änderungen für das neue Jahr vornehmen mögen.

Ich will daran arbeiten, ein besserer Mensch zu werden – aufrecht durch das Leben gehen – vor Gericht meine Aussage pro Ergin ändern – ungeachtet aller daraus resultierenden Konsequenzen – ich werde nicht mehr kiffen!

Es fiel mir schwer, den längst fälligen Brief an meine Eltern zu schreiben, und ich verbrachte den ganzen Vormittag damit, Formulierungen zu entwerfen, um sie anschließend wieder zu verwerfen. Bis ich schließlich glaubte, die richtige Tonart gefunden zu haben, um sie nicht allzu sehr in Panik zu versetzen.

Das Verhältnis zu meinen Eltern war ein oberflächliches. Sie gehörten einer Generation an, die zu meiner Pubertätszeit mit

Texten wie: „Solange du die Füße noch unter meinen Tisch stellst …" oder „Wer das Orchester bezahlt, bestimmt die Melodie" glänzten.

Damit dürfte unser innerfamiliäres Demokratiemodell ausreichend beschrieben worden sein. Im Übrigen wurde von uns drei Kindern, ich war der Mittlere, lebenslange Dankbarkeit für Zeugung und Aufzucht erwartet. Sehr wichtig auch: was würden die ANDEREN denken, also Nachbarn, Verwandte, Bekannte … insofern jetzt der Super-GAU!

Trotz alledem, die Kämpfe der Pubertät durch meinen Auszug waren Vergangenheit, das Verhältnis längst entspannt, hatten sie einen unbestreitbaren Vorteil: Ich konnte auf sie zählen, sie waren eine verlässliche Größe, auf die ich im Notfall absolut bauen konnte. Vielleicht ließ meine/unsere Situation auch eine Entwicklung in der Beziehung entstehen, uns ein engeres Zueinander finden. Und mir war klar: sie würden leiden, meine Mutter vielleicht mehr als ich selbst.

Jetzt fehlte mir zu dem fertigen Brief nur noch ein Bote. Er erschien am nächsten Tag in Gestalt von Dr. K., der mich nochmals aufsuchte, um ein gerichtswichtiges Formular von mir unterschreiben zu lassen.

Er berichtete mir von einem Telefonat mit meinem Bruder, da wurde mir schon etwas weh ums Herz. Als er mir beim schlaffen Händedruck an der Gittertür auch noch sagte:

„Herr Ronnie, ich werde alles tun, ihnen zu helfen. Sie sind ein guter Mensch", stiegen mir die Tränen in die Augen. Schnell wandte ich mich ab. Der Gang zur Toilette löschte alle aufkommende Sentimentalität.

Salim, inzwischen auch in der Keller-Lounge im Nachbarbett gelandet, stieß, auf dem Bauch liegend während sich ein Assistenzarzt zwischen seinen Arschbacken zu schaffen machte, mit zusammengebissenen Zähnen hervor: „Sei froh, dass du morgen nach Buca kommst, dort ist es bestimmt besser als hier unten."

Am letzten Abend im Krankenhaus fiel mir auf, dass ich während der gesamten Zeit seit dem Sprung nicht ein einziges Mal an Frauen und Sex gedacht hatte. Als wenn ich von meiner Sexualität komplett abgekoppelt war, oder sollte gar der Sprung irgendeine Zuleitung beschädigt haben? Ich nahm es vorerst unbesorgt hin. Der Knast würde ohnehin eine reine Männerwelt sein. Meine Seele füllte sich mit Angst.

Angst vor dem Unbekannten, der fremden Welt.

Angst vor den Zuständen, der Gewalt, dem Dreck.

Angst vor rohen Wärtern, Vergewaltigungen, voll gekackten Toiletten.

Vor Parasitenbefall, Vitaminmangel, Parodontose, Infektionen, Haarausfall, Fußpilz, Heimweh und ... Mitgefangenen, – welchen Status hat ein Verräter im Knast? – die mit dem Finger auf mich zeigen, „Judas" rufend.

Aber bei allem Unbekannten und Ungewissen, Joe, mein Freund und Schicksalsgefährte, würde mich schon erwarten. Der Gedanke an die bevorstehende Wiederzusammenführung gab mir eine gewisse Zuversicht, auch Vorfreude. Zu zweit würde bestimmt alles leichter zu ertragen sein.

Derart zwischen den Pendeln meiner Gefühlsschwankungen eingeklemmt, rumpelte ich als einziger Passagier eines altersschwachen Gefangenentransporters – ein früher Ford Transit, dessen Motor bedingt durch eine undichte Auspuffanlage wie ein Achtzylinder blubberte – meiner neuen Adresse entgegen.

Als Andenken an Doc Freundlich hatte ich unter seiner Anleitung einen ganz leichten Verband angelegt bekommen, „Nur für ein paar Tage zum Stabilisieren", der meinen linken Arm ab Ellenbogen vor meiner Brust fixierte.

Das Fahrzeug hatte seinen Bestimmungsort erreicht, das bullernde Geräusch des Motors verstummte, die Hecktür des fensterlosen Kastenwagens wurde aufgerissen. Zwei *Jandarma* – einer der Jungs schleppte freundlicherweise meinen Rucksack – geleiteten mich durch die Hitze eines freudlosen Hofes zur Rezeption. Dort am Tresen wurde eine schier endlose Aufnahmezeremonie eingeleitet, mein grüner Reisepass von vorn nach hinten und zurück gelesen, buchstabiert, verglichen, protokolliert und alles mit drei Durchschlägen auf einer mechanischen Uralt-Schreibmaschine im Ein-Finger-Suchsystem dokumentiert. Endlich waren sie bei meinem Rucksack angelangt, dessen Inhalt auf Gefängnis-Kompatibilität überprüft wurde.

Mein Taschenmesser landete schon mal gleich auf dem Tresen, als links aus einem Gang mit Gittertür ein Mann mit Lockenkopf den Raum betrat, mir ein kurzes Augenzwinkern schenkte und sich direkt in das Geschehen einmischte. Sein Erscheinen schien die Prozedur zu beschleunigen, wortreich und mit viel Gestik half er beim Auseinandersortieren.

Der Rucksack mit Taschenmesser, Nagelschere, Essbesteck und Rasierklingen verschwand gegen Aushändigung einer Blechplakette mit eingestanzter Nummer im Magazin. Übrig blieben zwei Baumwollbeutel mit Kleidung und Büchern, der Schlafsack sowie der kleine Wandteppich – ein klassisch kitschiges Motiv mit röhrendem Hirsch – den ich bereits seit Istanbul mit mir herumschleppte.

Der Lockenkopf, ich schätzte ihn auf etwa vierzig, hatte meine Größe – knapp einsachtzig – war schlank, fast dürr, Dreitagebart, die Lippen gingen ins purpurfarbene, warme, braune Augen unter langen Wimpern, sprach mich in fließendem Englisch an.

„Hallo Ronnie, guten Tag erst mal und willkommen in *Buca Cezaevi*. Die Formalitäten sind vorerst erledigt. Dein Freund Joe und der Rest der Familie erwarten dich schon. Ich heiße Zeki." Er reichte mir seine Rechte. Ich war verblüfft und erfreut eine Fremdsprache zu hören, in der ich mich auskannte. Überdies wirkte Zeki sympathisch und ich fasste sofort Vertrauen zu ihm. Wir waren schon an der Tür, als wir nochmal zurückgerufen wurden. Zeki drehte sich mir zu.

„Du musst noch Klavier spielen."

„Ich muss was?"

Er hob grinsend beide Hände. „Fingerprints." Am Tresen war schon alles vorbereitet. Ein Stempelkissen. Ein Formblatt. Einer der Beamten führte meine Hand. Ich schaute anschließend auf meine verschmierten Hände und erhielt unaufgefordert einen feuchten Lappen gereicht.

„Was meinst du mit Familie?", fragte ich Zeki, als es schließlich weiterging. Er trug einen Großteil meines Gepäcks, und wir passierten die erste Gittertür, die von einem Wärter in dunkelblauer Uniformjacke nach einem kurzen Wortwechsel mit Zeki auf und hinter uns geräuschvoll quietschend wieder zu geschlossen wurde.

„Wir haben hier eine Ausländer-Abteilung, deren Insassen Deutsche, Engländer, Italiener, Griechen, Araber, ja, sogar Amerikaner sind."

„Und wo kommst du her?"

„Aus Ägypten."

Der Schlüsselinhaber der nächsten Gittertür fühlte sich berufen, meine gesamte Habe nochmals zu inspizieren.

„So läuft das Spiel, jeder noch so kleine Wärter hier fühlt sich wichtig und hat eine gewisse Macht", sagte Zeki zu mir, als wir schließlich auf einen etwa sechs Meter breiten Gang gelangten, welcher ein leichtes Gefälle aufwies. Wir bogen nach rechts ab, folgten der ansteigenden Richtung.

„Aber mach' dir keine Sorgen, du und Joe werdet hier etwas Urlaub verbringen, die meisten anderen haben dreißig Jahre. Ich wurde zu sechsunddreißig Jahren verurteilt."

Dieser letzte Satz wirkte wie Durchzug in meinem Gehirn, vertrieb schlagartig die Reste des heulsusigen Selbstmitleids, die ich noch mit mir herumtrug. Ich stand wie angewurzelt, starrte ihn an.

„Du hast was??"

Er schien meine Überraschung, mein ungläubiges Staunen eine Sekunde zu genießen, schickte ein triumphierendes Grinsen vor, hinter dem sich ganz viel Verletzlichkeit verbarg, die er mir nur für einen ganz kurzen Augenblick zeigte.

„Ja, es ist leider kein Witz", fuhr er fort, während wir weiter bergan schritten, ich jetzt schon etwas erschöpft.

„Cemal und ich kamen aus Syrien, wollten nur durch die Türkei – Transit, verstehst du – nach Griechenland reisen und hatten jeder ein Kilo dabei."

„Heroin oder Opium?"

„Oh, nein, nein", er schnalzte abwehrend mit der Zunge, reckte dabei sein Kinn etwas nach oben, „Haschisch, feinstes rotes Haschisch aus dem Libanon. Und da wir zu zweit waren, galten wir als, wie sagt man, Gruppe, äh, kriminelle Vereinigung, daher sechsunddreißig Jahre, sonst nur dreißig, aber", er grinste mich wieder an, seine Augen lächelten nicht mit und er schüttelte den Kopf, als ob er es selbst nicht glauben könne, „bei guter Führung müssen wir nur neunzehn Jahre absitzen."

„Und wie lange bist du schon eingesperrt?"

„Sechs Jahre und ich kann dir sagen, wir sind alle nicht mehr 'normal' nach all diesen Jahren, aber überwiegend harmlos. Joe und du, ihr braucht euch wirklich keine Sorgen zu machen. Ihr verbringt hier eine Art Urlaub. Betrachte es als Schule fürs Leben."

Wir waren bei der nächsten Gittertür angekommen, der Gang schien nicht enden zu wollen. Zeki bemerkte meine konditionellen Schwierigkeiten.

„Wir sind gleich da, letzte Tür links."

Die Stirnwand des Hauptgangs kam näher. Der zuständige Wärter klimperte mit seinem Schlüsselbund und öffnete nach kurzem Wortwechsel mit Zeki eine blau- graue Stahltür, die auf Augenhöhe einen briefkastenartigen Schlitz aufwies.

Wir betraten einen vielleicht zwei Meter breiten Gang, von dem rechts Zellen abgingen, links eine halbhohe Mauer, darauf Gitter bis zur Decke, unten ein betonierter Hof mit Leben, Gewusel, Ball spielenden Häftlingen. Aus unsichtbaren Lautsprechern quäkte türkische Folkloremusik.

Das geräuschvolle Schließen der Tür lockte einige Personen aus verschiedenen Zellen, Joe unter ihnen. Er kam auf mich zu, seine blauen Augen strahlten mich an, und wir fielen uns in die Arme, soweit es mein Verband eben zuließ.

„Ronnie, Alter, bin ich froh, dass du endlich hier bist."

„Ja, Mann, ich auch, allerdings bin ich gerade etwas wacklig auf den Beinen, wo kann ich mich hier hinsetzen?"

„Komm mit, ich zeig dir dein neues Domizil, du teilst dir eine Zelle mit Udo."

Die Zelle war etwa vier Meter tief und zwei Meter breit. Gleich rechts ein Etagenbett, auf dem unteren hatte Zeki bereits mein Gepäck abgelegt. Ich ließ mich umständlich nieder und versuchte, die Gepäckstücke so zu platzieren, dass sie, an die Wand gelehnt, als Rückenlehne taugten.

„Was ist da noch?", ich zeigte auf die halbhohe Mauer, die links, parallel zur Stirnwand zusammen mit dieser ein halboffenes Abteil bildete.

„Toilette, eine Wanne mit Loch, Fußinseln, Wasserhahn."

Joe nahm im Schneidersitz, mit dem Rücken zu den mit Stoff bespannten Gitterstäben, auf dem Bett Platz.

„Das Übliche eben, wir benutzen aber alle die letzte, unbewohnte Zelle als Gemeinschaftstoilette. Übrigens, Klopapier is' nicht", er grinste mich an, „halb so schlimm, ich hab mich schon dran gewöhnt. Man nimmt die linke Hand, Wasser, hinterher Händewaschen ... alles Roger."

„Das ist ja total ätzend", ich schaute auf meine Linke im Verband.

„Na ja", Joe zuckte mit den Schultern, „nimmst eben 'n paar Tage die Rechte. Aber nun erzähl erst mal."

Ich berichtete Joe von meinem Krankenhausaufenthalt.

„Ich bin mir bei einigen Details nicht ganz sicher, ob ich sie erlebt oder geträumt habe", endete ich. „Wo warst du eigentlich, als ich gesprungen bin? Du warst plötzlich verschwunden."

„Ich bin, kurz nachdem du mit der schlechten Nachricht vom Konsulat ankamst – ich hatte dir noch eine Zigarette angezündet –, auf die Toilette nach unten gegangen. Dann hörte ich plötzlich einen tierischen Schrei von oben. Mann Alter, hast du mir damit einen Schock verpasst. Da haben sie unten schon die Klotür eingetreten und mir meinen Gürtel abgenommen. Aber erklär du mir doch mal, wie du es angestellt hast, innerhalb von diesen fünf bis zehn Minuten mit deinem Leben abzuschließen und aus dem Fenster zu springen. Das kostet doch einige Überwindung? Oder hast du das schon seit der Verhaftung mit dir `rum getragen? Ich hab seitdem versucht, dein Handeln nachzuvollziehen, dich zu verstehen..."

„Warte Joe, nicht alle Fragen auf einmal. Ich hatte ja auch reichlich Zeit, darüber nachzudenken. Ob ich es selbst schon so richtig verstanden habe, weiß ich auch nicht so recht ... Zum einen glaube ich, dass sich der Gedanke, die Vorstellung: Ich im Gefängnis... in so einer Tabuzone meines Bewusstseins befand, sozusagen nicht verhandelbar, no way, einzementiert... Zum anderen hatte ich meinen Tunnelblick total auf das Versprechen der schnellen Freilassung gerichtet. Mit dem Anruf beim Konsulat fiel das Kartenhaus in sich zusammen. Der Strohhalm, an den ich mich geklammert hatte, war weg. Ich kam mir plötzlich soo klein und schäbig vor... Und natürlich, wieder ganz Ego: Angst vor dem Verlust... Schule und überhaupt die Freiheit... all das trifft auf das unaussprechliche, nicht diskussionsfähige, starre, einbetonierte Ich-geh-nicht-ins-Gefängnis-Ding."

„Ja", sinnierte Joe nickend, „manchmal passieren einem wahrscheinlich genau die Dinge, vor denen man Angst hat."

„Ich weiß nicht, ob du dir das vorstellen kannst... und wie gesagt, ob ich das alles selbst schon so richtig geschnallt habe."

„Als ich dir oben die Zigarette angezündet habe, fiel mir schon dein etwas seltsamer Blick auf, du wirktest leicht weggetreten, wie ein angeschlagener Boxer."

„Das setzte direkt ein, nachdem ich den Telefonhörer aufgelegt hatte, und wurde oben immer stärker. Es kamen von allen Seiten irgendwie Luftwellen auf mich zu, immer intensiver. Vielleicht vergleichbar mit LSD-Erlebnissen. Die Wände fingen an sich zu bewegen, der blöde Atatürk überall, und plötzlich bemerkte ich das Fenster... ich war wie in Trance... und so leicht, und diese sture Macht in mir, die absolut nicht ins Gefängnis wollte, trieb mich voran und fand den Ausgang."

Ich suchte mir eine andere Sitzposition, da mein Rücken allmählich zu schmerzen begann.

„Also, von dem Sprung selbst weiß ich eigentlich nichts, mein Bewusstsein muss sich vorher ausgeschaltet haben. Das Letzte, an das ich mich erinnern kann, ist die Fensterbank. Ich hab mich hoch gestemmt, dann riss der Film..."

„Unten soll ein LKW mit Plane gestanden haben, der Dolmetscher hat's erzählt. Der muss deinen Sturz zum Teil abgefedert haben, sonst säßest du jetzt womöglich im Rollstuhl hier."

Der Gedanke ließ mich kurz schaudern. Ich kalauerte dagegen an: „Der AOK-Chopper ist mir erspart geblieben, Dank an meinen Schutzengel." Dankbar nahm ich von Joe eine Zigarette entgegen, die erste seit der Polizeistation, mein Kreislauf vollführte ein paar Pirouetten.

„Du Joe, ich hab' für mich beschlossen, meine Aussage vor Gericht zu widerrufen und Ergin zu entlasten. Aber da müssen wir uns natürlich abstimmen."

Joe strahlte mich an. „Ich bin froh, dass du wieder okay bist und ich find's toll, dass du das gerade gesagt hast."

Er nahm meine rechte Hand zwischen seine Hände und blickte mir gerade in die Augen. „Ey Ronnie", flüsterte er heiser, „egal was passiert, wir stehen das Ding hier gemeinsam durch."

Ich nickte stumm, überwältigt und ergriffen von der Energie, die zwischen uns floss.

„Ey Joe, ich kann ja verstehen, dass ihr euch viel zu erzählen habt und ich will ja auch nicht drängeln, aber..." Ein hagerer Typ mit einem mächtigen Schnauzbart und aschblonden halblangen, zotteligen Haaren betrat die Zelle, ließ den Rest des Satzes unvollendet und ging in die Hocke, um in unser Gesichtsfeld zu kommen. „Hallo Ronnie", er hielt mir seine Rechte hin, „Wolfgang aus Frankfurt." Er sah mich unter buschigen Augenbrauen mit stechenden blau-grauen Augen an, grinste dazu mit gelblichen Zähnen.

„Keine dreißig Jahre, aber dreißig Monate für einen Joint mit null-komma-eins- sechs Gramm, schon rekordverdächtig, wa'?" Er wandte sich Joe zu. „Also wie isses nun?"

Ein dicker untersetzter Kerl mit kahlgeschorenem Schädel und schwarzem Vollbart schob sich in die Zelle. Er war mit einer selbst für seine Körperfülle zu großen Jeans und einem blauen Unterhemd bekleidet. Eine markante Yin und Yang-Tätowierung zierte seinen linken Oberarm. Seine Punschlippen verzogen sich zu einem gutmütigen Grinsen, seine braunen Augen blitzten lebhaft, als er – auch in die Hocke gegangen – in gebrochenem Englisch hervorstieß: „Brauchen das Geld, jetzt."

Joe machte uns bekannt. „Das ist Akki aus Thessaloniki." Ich nickte in seine Richtung, Joe fuhr fort: „Sag mal Ronnie, was hast du jetzt an Kohle bei dir?" „Würdest du mir bitte erst mal erklären, was hier abläuft, bevor du mein Geld verruderst?"

Akki schien meine Irritation zu bemerken und sprach mich direkt an.

„Können jetzt Hasch kaufen, nachher vielleicht zu spät, andere Leute kaufen. Oder willst du nicht rauchen?"

Seine braunen Augen sahen mich fragend an und es war mir, als blickte er direkt in mich hinein, wo meine Vorsätze mit der Versuchung rangen. Ich konnte mich dieser Situation nicht entziehen oder verweigern, schon aus Solidarität nicht. Akki zeigte mir den Weg über die Brücke.

„Ronnie, gutes Hasch, rauchen wir heute Abend gemeinsam, nach dem Begrüßungsessen."

„Akki ist der Koch", warf Joe ein.

„Ich kann auch kochen", behauptete ich.

Akki blinzelte mir zu. „Ja, Schnitzel, oder?"

Lachen tat meinen Rippen immer noch verdammt weh.

Ich drückte Akki den Großteil meines Geldes in die Hand und die beiden verließen die Zelle.

„Wieso eigentlich kochen, gibt es hier nichts zu essen?"

Joe machte eine wegwerfende Handbewegung. „Ungenießbar! Nee, wir machen alle paar Tage eine Liste und schicken einen von den Wärtern gegen ein kleines Bakschisch einkaufen. Wir haben hier kleine Gaskocher, Akki, Wolfgang, Udo, ich – und ich nehme an, du nun auch – sind eine Kochgruppe und rauchen auch zusammen. Die Situation eben war etwas unglücklich, aber so kurz vor Monatsende ist das Geld knapp und ich hatte angekündigt, dass du bestimmt noch welches mitbringst. Überhaupt, warum bist du so 'rum geeiert?"

„Ich hatte mir eigentlich vorgenommen, kein Hasch mehr zu rauchen."

Joe lachte kurz auf.

„Ach, vergiss es doch, Alter. Du wirst noch froh sein, hin und wieder zu kiffen, um etwas Abwechslung in diesem eintönigen Dasein zu haben. Es ist sowieso nicht so oft etwas zu bekommen, daher auch diese Hektik vorhin. Die meisten hier lassen sich ohnehin ganz legal totale Hammertabletten verschreiben."

„Wie läuft das denn?"

„Die Jungs gehen zum Arzt, husten kurz, zeigen auf ihren Hals und bekommen Ludi-Codein, stark morphiumhaltige Tabletten verschrieben. Das Rezept ist personenbezogen, die Medizin muss in der Apotheke gekauft werden. Jeden Abend kommt der *Hab-gee* und verteilt die Tagesrationen. Da ist dann immer eine Schlange an der Tür, er ruft die Namen auf und schiebt den Stoff durch den Türschlitz. Das heißt, du kannst es dir verschreiben lassen und jemand anderes kann es kaufen."

„Nimmst du das Zeug auch?"

„Einmal getestet, es ist wirklich echt heftig und machte mich soo müde, aber zufrieden, und bunte Träume."

„Willkommen in der neuen Welt."

„Den nächsten Morgen hab ich mich total schwer gefühlt und es soll zu Verstopfungen führen, wenn man zu lange zu viel nimmt. Das sagt zumindest Danny, der Engländer, mit dem ich die Zelle teile. Der ist so eine Art Gefängnisparadiesvogel, hat schon in aller Welt im Knast gesessen. Sogar zwei Jahre im Iran, noch zu Schah-Zeiten, und immer wegen Hasch. Hier ist jetzt wohl Endstation für ihn, er ist zu dreißig Jahren verurteilt. Ein vorzüglicher Schachspieler übrigens, ich hatte bisher nicht den Hauch einer Chance gegen ihn. Der bekommt kein Geld von irgendwelchen Verwandten, hangelt sich so durch, schreibt Storys für ein britisches Hanfmagazin, die hin und wieder veröffentlicht werden. Er hat auch gleich einen kurzen Bericht an die DPA geschickt, Headline: 'Izmir: Hamburger Kaufmannssohn springt aus dem Fenster einer türkischen Polizeistation.'"

„Gab es darauf irgendeine Reaktion?"

„Hierzulande zumindest nicht. Udo, der die türkische Tagespresse verfolgt, hat nichts entdecken können, komplett totgeschwiegen. Der Udo hat in meinen Augen auch das härteste Schicksal von den Jungs hier. Die türkische Regierung hat beschlossen, hier in Buca nach und nach alle ausländischen Gefangenen zusammenzulegen. Akki und Udo waren vorher im Osten.

In Agri, nahe der iranischen Grenze. Udo hat sechsunddreißig Jahre bekommen, da er mit seiner Freundin zusammen aus Afghanistan kommend mit anderthalb Kilo Dope eingereist ist. Er spricht fließend Türkisch und Kurdisch, ist nur wenig älter als wir."

Joe beugte sich leicht zu mir, senkte seine Stimme etwas ab, bevor er fortfuhr.

„Jeder hier hat seine spezielle Story, Alter. Der Udo konnte aus irgendeinem Grund, den er für sich behält, nicht mehr nach Deutschland zurück. Und er hatte dort in Agri einen guten Draht zu den linken politischen Gefangenen, überwiegend Kurden. Er hatte für seine Freundin – eine Jugoslawin, die er auf seiner Asienreise kennenlernte, – über seine Kurden-Connection ihre Flucht organisiert. Alles lief, die Frau war schon draußen, ist aber doch verraten worden. Festnahme, Vergewaltigungen, Nervenzusammenbruch, Klapsmühle. Jetzt soll sie aber demnächst nach Jugoslawien überstellt werden."

„Das ist ja die reinste Horrorgeschichte", entfuhr es mir.

Joe lehnte sich zurück, zündete sich eine Zigarette an und schnippte das Streichholz auf den Zellenboden.

„Ja. Akki und Udo haben auch schon an einem Fluchtversuch teilgenommen. Sie sind durch einen von den Linken gebuddelten Tunnel raus, hatten schon den Sternenhimmel über sich, als das Maschinengewehrfeuer der Wachen einsetzte und alle wieder zurück krabbeln mussten."

„Hat es dafür noch was extra gegeben?"

„Nein, die Rechten hatten sie zwar verraten, aber alle Flüchtigen waren wieder rechtzeitig zurück in den Zellen, so dass kein Einzelner direkt zur Verantwortung gezogen werden konnte."

Joes Zigarettenkippe landete auf dem Zellenboden. Ich sah ihn fragend an.

„Gibt es hier eine Putzfrau?"

„Nein, aber einen Putzmann – der *Ayak-gee* –, der für ein paar Groschen die Woche täglich zum Feudeln kommt."

Er grinste mich an. „Dekadent, oder?" Ich nickte nur.

„Wovon lebt so einer wie Udo?"

„Udo bekommt Sozialhilfe vom deutschen Staat genau wie Max, der dienstälteste Gefangene in diesem Knast. Ronnie, der sitzt hier schon seit der ersten Mondlandung."

„Seit 1969, Wahnsinn, auch wegen Dope?"

„Nein, der einzige „echte" Verbrecher unter uns, er soll das Museum von Izmir ausgeraubt und den Nachtwächter mit einem Faustschlag getötet haben. Einen Teil der Beute soll man – nach Autoverfolgungsjagd mit zerschossenen Reifen und allen Extras – in seinem Kofferraum gefunden haben. Angeblich hat er trotz Folter nie gestanden, aber die Indizien sprachen gegen ihn. Vor Max haben die Türken mächtig Respekt. Jetzt ist er alt, sicher an die sechzig, er muss aber mal ein bärenstarker Kerl gewesen sein. Unten im Erdgeschoss ist eine Zelle mit verbogenen Gitterstäben. Die soll angeblich Max bearbeitet haben. Er ist ein Einzelgänger mit Sonderstatus und auch der einzige hier, der eine Zelle allein bewohnt."

„Und der sitzt den ganzen Tag allein in seiner Zelle, oder was meinst du mit Einzelgänger?"

„Na ja, er gehört keiner Kochgruppe an. Also gesellig ist er schon auf seine Art, und irgendwie schräg. So nennt er alle Mitgefangenen Josef – weil es eh egal ist, wie er meint. Außer Zeki, den kennt er von allen hier am längsten, der hat sich seinen Namen wohl schon verdient."

„Joe, tu mir doch bitte einen Gefallen und besorg mir etwas zu trinken, bevor ich hier völlig austrockne."

Er nickte und verschwand. Ich schloss meine Augen und lauschte.Vereinzelte Schreie vom Hof, schlurfende Schritte auf dem Zellengang, untermalt von der anscheinend von einem Endlosband stammenden Folkloremusik.

Die Kurzbiographien unserer Mitgefangenen hatten mich stark beeindruckt. Wie mochte sich jemand fühlen, der mit Anfang zwanzig zu dreißig Jahren Gefängnis verurteilt wird? Wie war diese Vorstellung zu ertragen? Wie war das auszuhalten, ohne durchzudrehen? Was für eine Dimension bekam die Zeit?

Ich versuchte, mich an die erste Mondlandung zu erinnern, die ich seinerzeit als Kind vor dem Fernseher verfolgt hatte, es schien mir Lichtjahre entfernt.

„Vielleicht wird das für uns ein ganz spezielles Seminar: Beobachtungen von Menschen mit einem haarsträubenden Schicksal in ihrem Alltagsleben", äußerte ich meinen letzten Gedankengang Joe gegenüber, der die Zelle mit zwei Teegläsern und einem unter den Arm geklemmten Buch betrat.

Dankbar schlürfte ich von dem süßlichen Gebräu, dessen Temperatur allein etwas vertuschte, dass es außer nach Zucker nach nichts schmeckte.

„Mir geht es so", Joe nahm wieder auf dem Bett Platz, „ich erstarre zwar nicht in Ehrfurcht vor ihnen, habe aber großen Respekt vor ihrer Art, wie sie ihre Bürde tragen. Na ja, ich erlebe sie ja auch erst seit knapp zwei Wochen", relativierte er. „Auf jeden Fall habe ich das Gefühl, dass sie mir, abgesehen vom Lebensalter, alle irgendetwas voraushaben. Und dabei kommt mir keiner von ihnen, Max jetzt mal ausgenommen, krimineller vor als du oder ich."

„Wie viele Ausländer sitzen denn hier?"

„Da ist noch Albino, ein Italiener, auch ein sehr netter Kerl. Der wollte gar nicht glauben, dass dein Fenstersprung ein Selbstmordversuch war. Er besteht darauf, deinen Sprung als Fluchtversuch zu sehen. Den musst du selbst aufklären. Dann sind da noch zwei Libanesen und außer Zeki noch zwei Ägypter. Aber bei den Arabern blick ich noch nicht so recht durch. Die vermischen sich auch rein optisch mit den Türken, die unten wohnen."

„Kann man von hier direkt ins Erdgeschoss gelangen?"

„Ja, vorn beim Ausgang ist eine Treppe nach unten, nur die Tür zum Hof ist verschweißt. Es gab oft Probleme mit den Türken vom Nachbarblock. Du musst wissen, das ist hier so eine Art Privilegierten-*Koğuş*."

„Stopp!" Mein rechter Zeigefinger schoss in die Höhe. „Was heißt *Koğuş*?" (sprich kousch)

„So werden hier die Zellenblöcke genannt, und wir beide", Joe grinste, beugte sich etwas vor und hielt seine beiden Hände als Fäuste mit ausgestreckten Zeigefingern nebeneinander, rieb sie aneinander, „sind *Sücer-tak* – Komplizen, die das Verbrechen gemeinsam begingen. Knastsprache." Er lehnte sich zurück und nahm den Faden wieder auf.

„Also, hier sind acht oder neun Zellen oben, das Gleiche nochmal unten. Da drüben hingegen ist unten wie oben jeweils ein großer Raum mit Drei-Stock- Betten, insgesamt etwa hundert Mann Belegschaft, einem Hühner-KZ nicht unähnlich."

„Dürfen wir denn auch auf den Hof?"

„Wenn man von hier auf den Hof will, muss man mit dem Türöffner reden, raus auf den Hauptgang und bei der nächsten Tür wieder einchecken. Ich war mit ein paar anderen zusammen schon einmal unten, allein würde ich mich da nicht hin trauen."

„Zeki erwähnte noch Amerikaner."

„Ja, einer ist bei uns, Robert, sitzt auch schon seit Zweiund-
siebzig. Der ist erst vorgestern hier eingetroffen, verlegt aus An-
talya. Seine beiden *Sücer-taks* sind im Frauen-*Koğuş.*"

Joe präsentierte das mitgebrachte Buch.

„Hier Ronnie, der ‚Midnight Express‘, Danny hat mir gleich
sein Exemplar für dich mitgegeben. Die Pflichtlektüre für jeden
Hasch-Knacki in der Türkei, sofern er zufällig auch noch Nicht-
Türke ist. Es handelt von einem Ami, der in Istanbul gesessen
hat. Billy Hayes hatte versucht, zwei Kilo mit ins Flugzeug zu
nehmen. Auch er bekam dreißig Jahre, aber er hat es geschafft
und konnte nach Jahren erfolgreich ausbrechen. Er ist natürlich
der Held aller Dope-Häftlinge. Robert und seine Freundinnen
werden auch erwähnt, wohl aus Ami-Solidarität, denn begegnet
sind sie sich nie. Ich finde das Buch spannend geschrieben, aber
vergleichbar sind die Zustände des Istanbuler Knastes mit dem
unsrigen hier nicht."

„Der Titel kommt mir bekannt vor, ist das vielleicht schon
verfilmt worden?" „Das kann schon sein. Hätten wir den Film
vorher gesehen, wären wir vielleicht nach Marokko gefahren.
Dort sollen die Knäste aber ähnlich sein, sagt Danny."

Wir wechselten das Thema.

„Was gibt es hier sonst noch für Ablenkungen?"

Joe nippte an seinem Tee. „Karten und Würfelspiele sind
strengstens verboten, sonst zocken die Knackis um Geld und
schlagen sich womöglich die Köpfe ein. Unten steht eine Glotze.
Sonntags wird internationaler Fußball gezeigt, auch Bundesliga.
Es gibt nur ein Programm, und leider werden alle ausländischen
Filme in synchronisierten Fassungen gezeigt. ‚Dallas‘ soll aber
sehr lustig sein. Dann gibt es hier auch öfters *Arama*, Razzien,
bei denen das Unterste zuoberst gekehrt wird. Habe ich aber auch
noch nicht miterlebt."

„Gibt es hier so etwas wie einen Kiosk?"

Joe schüttelte den Kopf. „Nein, es kommt nur jeden Tag ein kleiner Verkaufswagen vorne zur Tür, bietet eine spärliche Palette wie Zigaretten, Jogurt, Olivenöl, Seife, Zahnpasta, Briefmarken, Einwegrasierer und ähnliches. Ach ja, pro Person gibt es ein Brot am Tag. Kein Fladenbrot, eher einem Baguette ähnlich. Schmeckt sogar, solange es noch frisch ist."

Auf dem Gang waren schlurfende Schritte zu vernehmen, und Zeki betrat die Zelle, ging gegenüber vom Bett in die Hocke und erbat sich von Joe eine Zigarette.

„Joe, hast du deinem Freund Ronnie schon die Hintergrundstory zu eurer Verhaftung erzählt?", fragte er durch die Rauchschwaden seines ersten Zuges.

„Nein, das wollte ich schon dir überlassen."

Zeki wandte sich mir zu. „Glaube es oder nicht, aber die Sache lief so: Joe wird von einigen Leuten beobachtet, wie er ein Stück Hasch verliert. Aus welchen Gründen auch immer, sie informieren unverzüglich die Polizei in Izmir. Die Polizei fährt los und stoppt den Bus aus Çeşme auf freier Strecke. Nur, ihr wart nicht an Bord. Also fahren sie zur zentralen Busstation in Izmir und suchen dort nach zwei Rucksacktouristen, was kein Problem war", er kicherte und warf die halb gerauchte Zigarette auf den Zellengang, „ihr wart die einzigen Rucksacktouristen – einer langhaarig und einer in Badehose – weit und breit." Ich blickte ihn ungläubig an.

„Woher weißt du das alles, Mann?"

„Kontakte", sagte er leichthin, „aber", er verzog sein Gesicht zu einem triumphierenden Grinsen, „ich habe noch ganz andere Informationen in eurer Sache. Euer Freund Ergin hat mir einen Brief geschrieben."

Ich blinzelte kurz zu Joe, seinem Gesichtsausdruck entnahm ich, dass dies auch für ihn eine Neuigkeit war.

„Er ist euch keineswegs böse und bittet mich, euch folgendes auszurichten: Ihr ändert eure Aussagen vor Gericht, sagt, ihr seid von den Polizisten unter Druck gesetzt worden, man hat euch Schläge angedroht...“

„Erscheinen die drei Polizisten nicht vor Gericht und machen eine Aussage?“, unterbrach ich. Zeki schnalzte zweimal abwehrend mit der Zunge, reckte sein Kinn dabei leicht vor.

„Nein, nein, das ist hier in der Türkei nicht üblich... Also, ihr entlastet Ergin. Er wird, so Allah will, freigelassen und ihr“, er blickte bedeutungsvoll von Joe zu mir, schnippte mit Daumen und Mittelfinger, „kommt gegen Kaution frei. Weihnachten feiert ihr zu Hause mit euren Familien.“

Vom Zellengang her wurde sein Name gerufen. Er erhob sich ächzend, drehte sich im Zelleneingang kurz um und sagte beschwörend, fast theatralisch: „Denkt an meine Worte, Weihnachten, zu Hause“ und schlurfte davon.

Wir schwiegen eine Zeitlang, dachten über Zekis Story, die ja unsere Story war, nach.

„Du Joe, ich glaube, normalerweise, also ich meine draußen, hätten wir jetzt vorgebracht, dass wir beide die Entscheidung, Ergin zu entlasten, bereits getroffen haben. Hier aber ist er nach Abspulen seiner Information einfach davongegangen. Ist das hier immer so? Oder ist Zeki einfach so egozentrisch, dass unsere Antwort für seine Wahrnehmung unwichtig ist?“

Joe legte die Stirn in Falten und kratzte sich am Hinterkopf, bevor er antwortete.

„Ich verstehe was du meinst und denke, beides spielt eine Rolle. Zeki ist mit Sicherheit ziemlich ich-fixiert, abgesehen davon mag ich ihn. Die ersten Tage hat er sich sehr um mich gekümmert, fast wie ein großer Bruder. Und, ich glaube, die Zeit hat hier eine andere Bedeutung. Es ist nicht wichtig – und ich vermute, wir meinen beide das Gleiche – dass wir jetzt darüber diskutieren, denn bis zur Gerichtsverhandlung ist es noch lange hin. Wir schwimmen hier zwar alle im gleichen Strom der Zeit, aber die Jungs hier hatten schon mehr, ja, Zeit, sich daran zu gewöhnen. Wahrscheinlich tickt die Uhr nach zwei, drei oder acht Jahren einfach anders. Vielleicht ist das auch ein Punkt, bei dem ich spüre, dass sie mir alle etwas voraus haben."

Joe zündete sich eine Zigarette an und reichte mir die Schachtel rüber, bevor er fortfuhr. „Aber die ersten Tage waren für mich auch anders. Ich bin jetzt schon in einen anderen Zeitfluss eingetaucht. Für dich ist doch im Moment hier alles noch ganz aufregend, oder?"

„Ja klar, nach den ruhigen Tagen im Krankenhaus fast schon zu viel."

„Okay, aber davon mal abgesehen ist die Welt hier drinnen so klein und übersichtlich, dass der Reiz des Neuen schnell verfliegt."

„Ja", seufzte ich, „das befürchte ich leider auch."

Ich erhob mich mühsam mit schmerzendem Rücken vom Bett, um zur Toilette zu gehen. Langsam bewegte ich mich über den Gang, die Temperatur hier war im Gegensatz zur Zelle deutlich höher. In der Luft bewegten sich Staubpartikel im Zeitlupentempo. Die trockene Hitze war fast zu schmecken. Die Toilettenzelle wies als einzige in der Reihe nackte Gitterstäbe auf und war erfreulicherweise im Vergleich zu der im Krankenhauskeller geradezu klinisch sauber.

Neugier ließ mich an der vorletzten Zelle des Gangs verharren. Ich vernahm ein seltsames Sprachgemisch aus deutschen, englischen und türkischen Wortfetzen.

„Komm rein, Ronnie." Akki hatte mich durch den Spalt der nicht ganz geschlossenen Zellentür gesehen. Ich schob die Tür etwas weiter auf und betrat die Zelle, die wesentlich wohnlicher als meine eigene wirkte. Wolfgang saß auf dem unteren Bett. Akki auf einem kleinen Hocker, den Rücken gegen die Wand gelehnt. Es roch nach Essen, im Hintergrund köchelte es in einem großen Topf auf einem kleinen Kocher.

Akki zog einen weiteren kleinen Hocker hinter der Stirnseite des Bettes hervor und bedeutete mir, Platz zu nehmen. Ich setzte mich.

„Ich habe entsetzlichen Durst, was gibt es hier außer süßem Tee noch zu trinken?"

„Nix Coca Cola", grinste Akki.

„Auch kein Bier", ergänzte Wolfgang. Er deutete auf einen oben offenen, etwa sechzig Zentimeter hohen Blechkanister mit quadratischer Grundfläche. „Das Wasser hier ist genießbar. Es ist nur sehr kalkhaltig, deshalb lassen wir es etwas abstehen."

Die Wasseroberfläche sah aus, als hätte sie eine dünne Eisschicht. Wolfgang schöpfte mit einer Suppenkelle Wasser aus dem Kanister in ein Glas und reichte es mir.

„Den Tee kochen wir hier nicht selbst", erklärte Wolfgang, „wir kaufen morgens ein oder zwei Tabletts vom *Cay-gee*, schütten alles aus den kleinen Gläsern um in unsere Kanne und wärmen ihn bei Bedarf auf. Die Qualität ist lausig. Ich bin überzeugt, die mischen da irgendetwas Trieb hemmendes hinein."

„Wieso das?", fragte ich verständnislos.

„Damit die Türken nicht den ganzen Tag mit triefender Keule durch die Gegend rennen und nicht noch aggressiver werden, als sie ohnehin schon sind." Er deutete mit einer Hand in Richtung des gegenüberliegenden Großraum-Blocks.

„Was meinst du, über hundert Mann und alle noch spitz wie Nachbars Lumpi?" Das Wasser schmeckte plötzlich viel besser.

„Wo kann man hier eigentlich duschen?"

Eine simple Frage, die bei Wolfgang erneut einen Lachanfall auslöste.

„Der war gut", prustete er. „Und anschließend eine Ölmassage durch eine dunkelhaarige Schönheit. Nein, jede Zelle hat hinter dem Bett ein kleines Waschbecken wo du die Katzenwäsche vollziehen kannst."

Joe schlüpfte in die Zelle und nahm auf dem unteren Bett Platz und schaute Wolfgang an.

„Wie sieht es eigentlich mit dem Dope aus? Zeki sagte gerade, heute würde es wohl nichts mehr werden."

„Der Zeki ist eben auch nur ein Vielschwätzer", knurrte Wolfgang, „der Udo ist mit der Knete los und ich denke, er wird auch was mitbringen. Akki hat vorsichtshalber schon mal zur Feier des Tages eine Wasserpfeife gebaut."

Wolfgang blickte mich an. „Die Spielregeln beim Rauchen sind so: Jeder nimmt einen Zug, dann wird weitergegeben. Als ein Zug gilt alles, was du einatmest, bevor es wieder rauskommt, egal ob aus Mund, Nase oder Ohren. Falls wir erwischt werden, bekommt derjenige die Strafe, der das Ding gerade in der Hand hat." Er lachte wiehernd, zeigte dann auf meinen Verband. „Du bist so natürlich eine Ausnahme und darfst zwischendurch auch mal ausatmen. Wann wirst du das Teil los?"

„Der Doc sprach von ungefähr einer Woche."

„Die Türken haben da so einen netten Spruch, ‚*Geçmiş olsun*‘, das heißt etwa: Möge es schnell vorübergehen.“

„Danke“, erwiderte ich.

„Ja“, lachte Wolfgang, „das sagen die Türken darauf auch: *saul!*“

Ein schmaler, geradezu zierlicher Mann betrat die Zelle. Er hatte einen dünnen Oberlippenbart, der nur die Andeutung eines Schnauzbartes war, und erloschene blaue Augen.

„Udo“, schnarrte Wolfgang, „wie schaut's?“

Udo nickte nur kurz, kam direkt auf mich zu und reichte mir seine Hand für einen festen Händedruck.

„Hallo Ronnie, willkommen, hab' schon von dir gehört.“

„Ich von dir auch“, erwiderte ich. Sein Blick wurde lebhafter. „Nur Gutes“, fügte ich hinzu.

Udo ergriff den von Akki gereichten Hocker und setzte sich neben mich.

„Ja“, er schnüffelte, „wenn Akki das Gulasch nicht verbrennen lässt, kann es ein netter Abend werden.“ Er wechselte ein paar Worte mit Akki auf Türkisch, worauf dieser den Inhalt des Kochtopfes umrührte, mit einem Holzlöffel abschmeckte und den Kocher anschließend ausstellte.

„Hey Leute“, dröhnte eine laute Stimme vom Gang, „wo ist der Mann, der aus der türkischen Polizeistation geflüchtet ist? Lasst mich ihn begrüßen. Wo versteckt ihr ihn?“

Normalerweise – aber was war jetzt noch normal in meinem Leben? – wäre mir eine solche Situation entsetzlich peinlich gewesen. Zu meiner eigenen Überraschung fühlte ich mich nicht bloßgestellt, sondern musste mitlachen, jedenfalls kurz, bis zum Rippenschmerz.

Akki brüllte: „Albino, hier."

Der Mann, der die Zelle betrat, hatte keineswegs rote Augen, sondern braune. Seine schwarzen, vollen Haare reichten ihm bis zur Schulter und trotz seiner hängenden wulstigen Unterlippe und des fliehenden Kinns wirkte er keinesfalls hässlich, was überwiegend daran lag, dass er südländischen Charme hatte, Leichtigkeit und Esprit verströmte. Hätte er mich jetzt aufgefordert, ihn auf eine Party zu begleiten, ich wäre nicht verwundert gewesen. Er entblößte eine Zahnreihe mit Jacket-Kronen, denen teilweise schon die weiße Deckschicht abhanden gekommen war, zu einem Grinsen.

„Willkommen im Käfig der Narren."

Mit einem gewissen Unbehagen erwartete ich, dass er mich auf meinen Fenstersprung ansprechen würde, stattdessen fragte er: „Spielst du ein Instrument?" „Nur Grammophon", warf Joe feixend ein.

„Es ist eine Schande", Albino verdrehte theatralisch die Augen, „sie haben uns unsere Kassettenrekorder genommen und vergewaltigen unsere Ohren von morgens bis abends mit türkischer Folklore. Was bleibt sind einzig unsere Gitarren und …" Sein Vortrag wurde durch Gebrüll auf dem Gang unterbrochen. Zeki erschien im Zelleneingang.

„Kommt Männer, *Sayim*", er winkte auffordernd. Alle standen auf und bewegten sich zum Ausgang. Obwohl ich überhaupt nicht wusste, worum es ging, wollte ich auch aufstehen. Akki hielt mich zurück.

„Nein, nein, Zählung jetzt, du krank, hier sitzenbleiben", radebrechte er und zeigte auf das Bett. Ich nahm den Wärter nur schemenhaft wahr. Er kam bis zur Höhe des Zelleingangs, brüllte etwas, drehte sich um und verschwand wieder aus meinem Blickfeld. Akki, Udo, Wolfgang und Joe kehrten in die Zelle zurück und verteilten sich auf die Sitzgelegenheiten.

„So", verkündete Akki, „essen!"

„Sagt mal", fragte ich in den Raum hinein, „werden die Zellen hier nachts abgeschlossen?"

„Nein", antwortete Udo knapp, während Wolfgang Blechteller und Holzlöffel verteilte.

„Und das Musikgedudel wird auch bald abgestellt", fügte Joe hinzu. Er hatte neben mir auf dem Bett Platz genommen. Wir aßen in fast andächtiger Stille. Das Mahl war wirklich köstlich, mein bestes Essen seit langem. Akki hatte es wirklich drauf. Es war eine Art Gulasch-Eintopf mit weißen Bohnen in Tomatensoße.

Akki war als erster fertig. Er räumte Geschirr weg und begann die Wasserpfeife vorzubereiten. Als Pfeifenkopf diente die ausgehöhlte Hälfte einer großen Kartoffel, ausgekleidet mit Alupapier.

Wolfgang erhob sich. „Ich geh mal den Max holen."

Die Ehre, das Teil anzurauchen, wurde mir zugesprochen, da ich das Dope bezahlt hatte. Ich schaffte es, ohne zu husten ein paar vorsichtige Züge zu nehmen und übergab das Gefäß an Wolfgang, der gerade wieder die Zelle betrat. Wolfgang drehte sich um und gab – ohne selbst zu ziehen – die Pfeife an Max, der hinter ihm auftauchte und im Zelleneingang stehenblieb.

Da stand er, der Max. Die Abendsonne konturierte seine Silhouette klar. Er füllte mit seiner hünenhaften Gestalt den Zelleneingang fast vollständig aus. Das Gefäß der Wasserpfeife wirkte klein in seiner riesigen Hand. Er paffte zweimal kurz, um das Teil ordentlich zum Glühen zu bringen, ja, als wollte er Anlauf nehmen. Rauch umwaberte seinen gleichfalls riesigen, fast kahlen Schädel. Er fing an mit langsamen, stetigen, tiefen Zügen zu inhalieren, das Wasser im Gefäß blubberte immer heftiger – ich wäre längst geplatzt – allein, Max sog immer noch an der Pfeife, reichte sie dann Wolfgang und hatte noch genug Luft, um hervor zu quetschen: „Is' fertig, Josef", bevor er ausatmete und uns damit total einnebelte. Mit einem dröhnenden Lachen schlurfte er davon.

Auf mich wirkten die wenigen Züge von der Pfeife wie ein Schlafmittel. Hinzu kam natürlich, dass der Tag für mich ungewohnt lang und anstrengend gewesen war. Ich murmelte gerade noch etwas ähnliches wie „Lasst noch was für morgen übrig" und taumelte in meine Zelle. Ich war eingeschlafen, kaum dass ich mich hingelegt hatte.

Ich saß im Rollstuhl. Joe schob. Der Gang schien endlos und es ging immer aufwärts. Trotzdem wurden wir schneller. Rechts und links standen jetzt Schlüssel schwenkende Wärter Spalier.

„Klopapier is nich, Alter", dröhnte Joe in mein Ohr. Wir wurden immer schneller.

„Auch keine Taschentücher?", schrie ich verzweifelt.

Albino stand als letzter im Spalier und spielte auf einer doppelhalsigen Gitarre Flamenco. Ihm gegenüber schnippte Zeki eine brennende Zigarette in seine Richtung und skandierte: „Du vergewaltigst meine Ohren!"

Eine vor uns auftauchende Gittertür konnte unsere Fahrt nicht stoppen. Problemlos glitten wir hindurch und gewannen dabei noch an Geschwindigkeit. Eine riesige Stoppuhr, deren Zeiger sich aberwitzig schnell bewegten, tauchte vor uns auf.

„Die Zeit spielt hier eine besondere Rolle", flüsterte Joe beschwörend in mein Ohr. Ich sah gerade noch, wie die Zeiger stoppten und anfingen rückwärts zu laufen, bevor wir ohne Mühe das Ziffernblatt durchfuhren.

„Jeder hier hat seine spezielle Story", sagte Joe auf Englisch. Die Umgebung veränderte sich. Wir waren auf einem Wüstenplaneten. Max stand auf einer Art Siegerpodest und sog wie wild an einer Wasserpfeife. Über ihm, im Stile einer Neoreklame, bunt blinkende Buchstaben.

Großbuchstaben: DIE SCHULE DES LEBENS

Max hatte eine Wärteruniform an, seine linke Hand spielte mit einem Schlüsselbund. Es qualmte, als ob eine Dampflok starten würde. Durch den Rauch sah ich auf seiner Schulter ein Äffchen mit einem mächtigen Schnauzbart hocken. Wir fuhren schneller, kamen aber nicht näher. Der Rauch wurde etwas lichter, das Äffchen verwandelte sich in Wolfgang. Der dicke Akki hatte eine golden schimmernde Kochmütze auf. Er kniete vor dem Podest und rührte mit einem langstieligen Löffel in dem Gefäß der Wasserpfeife. Wolfgang fiel von Max' Schulter.

Max lachte dröhnend. „Mach kein Scheiß, Josef."

Wolfgang turnte auf die Wasserpfeife und hielt ein großes Pappschild mit der Aufschrift MONDLANDUNG = 11,3 Jahre in die Höhe. Das Publikum – Lehrer unserer Schule – johlte und applaudierte. Plötzlich befanden wir uns in einem dunklen, engen Tunnel und bewegten uns kriechend.

„Da Ronnie, schau, siehst du die Sterne?", hörte ich Joe hinter mir raunen. Ich blickte nach oben, sah helle Punkte im Dunkeln glitzern … und hörte Schüsse. Grauenhafte Angst kroch mir das Rückgrat hinauf.

Stocksteif auf dem Rücken liegend erwachte ich. Ich benötigte eine Weile, mich von der Angst zu befreien und etwas lockerer zu werden. Es musste noch sehr früh am Morgen sein. Dämmerungszeit, alles still.

Ich schloss meine Augen wieder. Der gestrige Tag zog an mir vorbei. Die vielen Begegnungen. Die Schicksale meiner Mitgefangenen. Joe, wie er sich schon ganz selbstverständlich zwischen ihnen bewegte. Der – wie sagte er? – schon eingetaucht in den Strom der Zeit war. Wie viel Zeit würden wir hier verbringen müssen, in der „Schule des Lebens", wie Zeki es nannte?

Langsam tastete ich mit meiner Rechten zu meinem Gesicht. Ich hatte tatsächlich mit meiner Brille auf der Nase geschlafen. Ich wusste nicht einmal mehr, ob ich mir die Zähne geputzt hatte, wahrscheinlich nicht. Ich rappelte mich hoch.

Durch die Stoffbespannung des Zellengitters – das Blümchenmuster hätte einer Sechzigerjahre-Wohnzimmertapete zur Ehre gereicht – drang Helligkeit, zeigte den neuen Tag an. Ich schlüpfte in meine Slipper, deren Hacken ich auch längst nach innen getreten hatte, somit zur schlurfenden Fraktion gehörte. Ich öffnete langsam die Zellentür, nur soweit, dass ich mich durch den Spalt zwängen konnte, nicht ohne noch vorher einen Blick auf das obere Bett geworfen zu haben, wo ich umrisshaft Udos Gestalt ausmachen konnte.

Nach meinem Toilettenbesuch schlenderte ich langsam über den Gang. Niemand zu sehen, alle Zellentüren zugeschoben. Die Luft war fast frisch, die Temperatur moderat. Ich blieb an der halbhohen Mauer stehen. Sie reichte mir etwa bis zum Bauchnabel. Vor dem Gitter, auf der Innenseite, ein breiter Absatz. Vereinzelte Holzsplitter und abgeblätterte Farbplacken in einer Vertiefung ließen mich vermuten, dass hier im Winter Fenster eingesetzt würden.

Der Gedanke ließ mich erschauern.

Wie kalt würde es hier im Winter werden? ...und würden wir dann immer noch hier sein?

Ich verscheuchte aufkommende Gedanken dieser Natur und versuchte, mich auf den Ausschnitt, den die Welt mir nun darbot, zu konzentrieren. Der völlig vegetationslose Hof war noch menschenleer. Die Gittertür unten links verschlossen. Ich nahm die parallel liegende Ebene des Nachbarblocks in Augenschein. Auch dort ruhte das Leben noch.

Dann sah ich einen alten Mann langsam an der Gitterfront entlanggehen. Mit seinem weißen Rauschebart und seinem Fes machte er trotz seiner schmuddeligen Kleidung einen würdigen Eindruck. Was mochte der Alte verbrochen haben? Ein Hühnerdieb? Pate einer illegalen Muslimbruderschaft? Falschparker?

„Guten Morgen, Ronnie." Ich zuckte zusammen, versunken in meine Betrachtungen hatte ich die näher kommenden Schritte überhört. Neben mir stand ein mittelgroßer hagerer Mann. Das schmale Gesicht war frisch rasiert. Er hatte eine ausgeprägte Nase, haselnussfarbene Augen, dunkelbraune, schüttere Haare. Mit seiner Kleidung, ein verwaschenes T-Shirt, kombiniert mit einer längsgestreiften Pyjamahose, unterstrich er seine eigenwillige Erscheinung.

Er bot mir seine Rechte zur Begrüßung.

„Ich habe schon von dir gehört. Ich bin Danny. Wie geht es dir?"

Very british, dachte ich und antwortete: „*Söyle böyle.*"

Danny erwiderte lachend: „Wie ich sehe, hast du dich schon eingelebt."

Dann wieder ernst, mit einer einladenden Handbewegung: „Wie wär's mit einer morgendlichen Schachpartie?"

„Warum nicht?", nickte ich und folgte ihm in seine Zelle, in der Joe auf dem oberen Bett noch im tiefen Schlaf lag. Danny nahm auf dem unteren Bett Platz. Ich auf einem kleinen Hocker. Ein Holzkistchen diente als Standfläche für das Spielbrett.

Die Auslosung ergab weiß für mich.

„Die Verantwortung für die drakonischen Strafen für Haschisch-Schmuggler in der Türkei trägt im Grunde die amerikanische Regierung", trug Danny parallel zu seinem ersten Zug vor. „Genauer gesagt", fuhr er fort, setzte mich dabei gleich unter Druck, „die Nixon-Administration, die Ende der sechziger Jahre von den Türken härtere Strafen für Heroinschmuggel verlangte, um sich gegen die steigenden Exporte türkischer Schmuggelbanden in die USA zu wehren."

Ich war bereits in Gefahr, das Zentrum zu verlieren.

„Nur, die Türken waren so ignorant, alles über einen Kamm zu scheren. Heroin, Morphium, Opium. Haschisch, egal, alles in einen Topf und... Deckel drauf." Er redete sich in Rage und klaute mir meinen weißen Läufer.

„Mengenunterschiede gibt es überhaupt nicht, fünfzehn Gramm oder zweihundertfünfzig Kilo, die Strafe ist immer die gleiche." Er schaute mich an und entblößte eine Zahnreihe mit merkwürdig langen Zähnen.

„Hast du Skorbut, oder was?", entfuhr es mir erschrocken.

Ein verbitterter Zug umspielte seinen Mund. „Jahrelanger Vitaminmangel", nickte er traurig", schlechte Ernährung. Viel zu lange nur Brot und Tee." Er war dabei meinen Königsflügel zu demontieren.

„Hier habe ich das erste Mal seit fast vier Jahren einen britischen Konsul, der mich überhaupt als vollwertigen Menschen betrachtet. Der sich um mich kümmert und mir helfen will."

Ich versuchte derweil auf dem Brett zu retten, was nicht mehr zu retten war. „Matt in drei Zügen", verkündete Danny ungerührt.

Die Partie hatte ungefähr eine Zigarettenlänge gedauert, und ich konnte das Matt nicht einmal sehen. Ich spielte trotzig weiter, mit dem Resultat, dass das Matt erst in vier Zügen kam.

„Die Sache kam erst in Bewegung", nahm Danny seinen ursprünglichen Faden wieder auf, während wir zur zweiten Partie aufbauten", als 1972 Robert und seine Freundinnen an der syrisch-türkischen Grenze mit zweihundertfünfzig Kilo Dope verhaftet wurden. Sie alle sind Kinder hochrangiger in Deutschland stationierter amerikanischer Offiziere."

Er spielte eine mir unbekannte Eröffnung so routiniert, dass ich gleich einen Bauern verlor.

„Seitdem wird auf diplomatischer Ebene über ein Austauschabkommen verhandelt. Im Klartext: Die in der Türkei einsitzenden Amerikaner – und das sind einige – dürfen ihre Strafe in den USA zu den dortigen Konditionen absitzen – Robert und die Mädchen würden wahrscheinlich sofort freikommen – und falls es in den USA überhaupt einsitzende Türken gibt, kriegen die hier nochmal richtig auf die Fresse."

Sein Angriffsschwung drohte mich zu überrollen. Ich versuchte, mich nicht von seinem enormen Tempo mitreißen zu lassen. Danny plauderte munter weiter, spielte wie nebenbei.

„Aber die Mühlen der Diplomatie mahlen langsam. Im nächsten Frühjahr soll es endlich zu einer Verlegung kommen. Dann wären fast neun Jahre vergangen."

Ich eroberte durch eine Unaufmerksamkeit Dannys meinen Bauern zurück.

„Hast du den „Midnight Express" schon gelesen?"

Ich murmelte etwas wie „Kann ich hexen? Bin erst gestern angekommen" und starrte weiter angestrengt auf das Brett.

„Ach ja, natürlich, ich vergaß." Ein kleiner Moment des Schweigens. „Auf jeden Fall", fuhr er fort, während er bedächtig seine Dame in meiner Spielhälfte platzierte, „wird dort ein weiterer Amerikaner erwähnt. Im Buch heißt er Harvey Bell, im Leben Michael Ray. Er wird auch demnächst hierher verlegt und ist ebenfalls für das Austauschprogramm vorgesehen. Mein Konsul behauptet ja, dass die Briten an einer ähnlichen Sache arbeiten. Doch bis das steht, werde ich wohl schon ganz legal entlassen worden sein."

Ich hörte das Ritschen eines Zündholzes, das Sekundenbruchteile später abgebrannt an mir vorbei segelte. Ich blickte hoch. Ein verschlafener Joe, mit verwuselten Haaren und brennender Zigarette im Mund, griente mich an.

„Moin Ronnie, ey Alter, du hast keine Chance, aber nutze sie."

Meine Abwehr stand. Erwartungsvoll blickte ich Danny an. Der kratzte sich nachdenklich am Kinn. „Nicht ganz schlecht", murmelte er, hob dann aber seinen Zeigefinger wie ein Lehrer, der seinen Schülern scherzhaft droht. „Aber ...", sein knubbeliger Zeigefinger wedelte durch die Luft, „du hast eine klitzekleine Kleinigkeit übersehen."

„Siehst du, was Danny meint?", fragte ich zu Joe hinauf, der jetzt auch angestrengt auf die Stellung starrte. Danny griff hinter sich, fingerte eine filterlose krumme Zigarette aus einer zerdrückten Packung. Nachdem er sie penibel geglättet hatte, drehte er sie in eine zerkaute Zigarettenspitze aus Holz. Ich gab ihm Feuer und zündete mir auch eine an.

„Es ist wirklich interessant", ließ er sich vernehmen. „Joe und du, ihr habt fast exakt die gleiche Spielstärke und seid doch sehr unterschiedlich in eurer Spielanlage."

Er nahm einen Turmtausch vor. Joe hatte inzwischen sein Bett verlassen und hockte mit uns unten. Auf dem Spielfeld setzte sich der Figurenabtausch fort. Schließlich hatte Danny zwar keine Figur gewonnen, hatte aber einen Freibauern, der – unerreichbar für mich – auf dem Weg war, sich zur Dame zu wandeln, so dass mir nur blieb, meinen König zum Zeichen der Aufgabe zu kippen.

„Joe hat ein sehr großes Potential in der Spielanalyse", dozierte Danny, „jedoch noch mit gewissen Entscheidungsschwächen unter Druck. Während du, Ronnie, mehr ein Instinktspieler bist und auch unter Druck nervenstark agierst. Wahrscheinlich hättest du eine große Zukunft als Backgammon-Spieler. Da ist weniger Analyse gefragt, sondern mehr Wagnis, Glück und eine Portion Gerissenheit."

Wir nickten, beide beeindruckt.

„Aber", warf Joe ein, „aufs Leben übertragen: Wie passt deine Diagnose von Ronnies Nervenstärke mit seinem Selbstmordversuch zusammen?"

Danny nickte. „Guter Einwand... , aber in Grenzsituationen des Lebens verhalten sich viele Menschen eben nicht mehr ‚normal‘, ihren eigentlichen Eigenschaften entsprechend."

Zu mir gewandt: „Du hast dich doch in einer für dich scheinbar aussichtslosen Situation befunden, oder?"

„Ja, so in etwa", stimmte ich ihm zu.

„Nun, ich lese gerade einen Tatsachenroman über den U-Boot-Krieg – Grenzsituation pur – von diesem Deutschen, wie heißt er noch gleich? Buchheim. In seinen Beobachtungen kommt er zu dem Schluss, dass die jüngeren Matrosen in scheinbar aussichtslosen Situationen im Gegensatz zu den Älteren – und damit sind dort Leute im Alter von etwa dreißig Jahren gemeint – ihr Leben eher aufgeben, die Älteren hingegen aufgrund ihrer Erfahrung bis zuletzt auf winzige Überlebenschancen setzen."

„Was hast du studiert? Psychologie?", platzte Joe heraus.

„Nein", lachte Danny, „das Leben, in vielen Variationen."

Akki erschien im Zelleneingang.

„Frühstück möglich. Brot ist da."

„Okay, Danny, danke für die Lehrstunde", sagte ich ohne Sarkasmus und schlurfte mit Joe zu Akkis Zelle.

Nachdem ich etwas gegessen hatte, merkte ich, wie sehr mich noch alles anstrengte. Auf einem der kleinen Hocker sitzend, starrte ich vor mich hin.

„He Ronnie", sprach mich Akki an.

Ich sah hoch, blickte in seine dunkelbraunen Augen und hatte wieder dieses seltsame Gefühl, als ob er direkt in mich, ja, in mein Gemüt hineinblickte, meine Gedanken, Gefühle offen vor ihm lagen.

„*Kafa boş*, Head empty, hm?", er zwinkerte mir gutmütig zu.

„Ja, das trifft es ganz gut, Kopf leer." Ich erhob mich. „Ich glaub', ich leg mich am Besten noch 'ne Weile hin", verabschiedete ich mich in meine Zelle.

Langsam tauchte auch ich in die träge verrinnende Zeit des Gefängnislebens ein, verbrachte einen großen Teil der ersten Tage liegend auf meinem Zellenbett, den „Midnight Express" lesend.

Billy Hayes war eine Identifikationsfigur für alle „Dreißigjährigen", ihr Held, der ihr Schicksal das Strafmaß betreffend teilte. Und er hatte es geschafft. Er nahm den Midnight Express, Codewort für die Flucht aus dem Knast. Ansonsten war das Buch eher wie das Drehbuch eines Actionfilmes aufgemacht. Vollgepackt mit gewalttätigen Auseinandersetzungen der Häftlinge untereinander und brutaler Übergriffe der Wärter.

Bei einer unserer morgendlichen Schachpartien vor dem Frühstück, die schon fast ein fester Bestandteil des Tagesablaufes geworden waren – ich hatte bisher noch keine Partie gewonnen – sprach ich mit Danny über den thrillermäßigen Charakter des Buches.

„Du darfst nicht vergessen", sagte er dazu, „Billy beschreibt einen Zeitraum von mehr als fünf Jahren. Da kann man in einem Großstadtgefängnis wie in Istanbul, wo die Zusammensetzung sowohl der Insassen als auch der Wärter bestimmt eine Nummer härter ist als in der Provinz, auch andere Dinge erleben als wir hier. Sei froh, dass ihr nicht dort eingefahren seid. Alles in allem ist Buca ein Drei-Sterne-Knast."

Es kam endlich auch der Tag an dem ich meinen Verband loswurde. Nein, nicht beim Gefängnis-Doc. Auf meine Nachfragen zu einem Besuch der Krankenabteilung hieß es immer *Yarin*, morgen. Bis ich nach einigen Tagen begriff: Mit *Yarin* war nicht zwangsläufig der nächste Tag gemeint. *Yarin* hieß vage: vielleicht, irgendwann, demnächst oder auch nicht. Also entfernte ich meinen Verband selbst. So konnte ich schon wieder fast ohne Schmerzen tief durchatmen und mir mit der richtigen Hand den Hintern waschen.

Und es kam der Montagmorgen, an dem Joe und ich eigentlich im Klassenzimmer unserer Schule hätten sitzen sollen.

...hätten, ...sollen...

Wir saßen in meiner Zelle, hingen beide unseren Gedanken nach.

„Englisch Leistungskurs bei Böllinghoff, wenn ich mich recht entsinne", murmelte ich, „stattdessen optional Türkisch in der Schule des Lebens."

„Wolltest du nicht anschließend Psychologie studieren?", spann Joe den Faden ohne großen Elan weiter, „also den praktischen Teil bekommst du hier frei Haus geliefert."

„Wenn wir das mit dem Abitur überhaupt noch packen", äußerte ich meine Hauptsorge, „ein Jahr aussetzen mag ja noch angehen, aber nach zwei Jahren wird es schon sehr schwierig, in den Stoff wieder rein zu kommen."

Das war im Prinzip der springende Punkt.

Wolfgang bekam dreißig Monate, von denen er sechzehn abzusitzen hatte, die irgendwann im Februar 1981 erreicht sein würden. Sein *Sücer-tak*, ein Schweizer namens Peter, war nach acht Monaten gegen Zahlung von 10.000 Schweizer Franken freigekommen. Meine Eltern würden eventuell auch so viel Geld lockermachen können. Bei Joes alleinerziehender Mutter waren diesbezüglich Zweifel angebracht. Sollte sich die Sache in diese Richtung entwickeln, waren also auch Gewissenskonflikte vorprogrammiert. Aber das alles: Spekulation.

Es war Ende August, die Gerichtsferien gingen bis Ende September. Dann würde es bis zur Urteilsverkündung noch einige Verhandlungstage geben. Mindestens drei, schätzte Zeki, der im Übrigen bei seiner Prognose blieb, dass wir Weihnachten zu Hause bei unseren Familien verbringen würden.

Weder Joe noch ich hatten bislang Antworten auf unsere Briefe in die Heimat bekommen, vermutlich war es dafür noch zu früh. Sicher war nur, dass in dieser Woche der monatliche Besuch eines Konsulatsvertreters anstand. Max und Udo bekamen dann immer ihre Sozialhilfe in bar ausgezahlt. Es bestand also eine gewisse Hoffnung, dass über diesen Weg auch Nachrichten für uns aus Hamburg aufgelaufen waren.

„Hast du deinen Eltern eigentlich geschrieben, dass sie Geld möglichst über das Konsulat schicken sollten?", war Joe auch beim Thema.

„Hätte ich tun sollen", brummte ich, „aber als ich im Krankenhaus den Brief nach Hause schrieb, dachte ich überhaupt nicht an Geld. Erst wieder bei meiner Entlassung, als ich etwa vierzig Mark für Kost und Logis bezahlen musste."

Joe schaute mich verwundert an. „Du musstest im Krankenhaus bezahlen?", er schüttelte den Kopf. „Wo sind wir hier eigentlich gelandet?"

„*Buca Ceza Evi*, Jungs", Danny, der etwas Deutsch verstand, betrat mit dem Spielbrett unter dem Arm die Zelle, „das Problem ist nicht, dass wir im Gefängnis sind, das Problem ist, dass wir in der Türkei sind. So, kommt Leute, ihr beide gegen mich."

Er baute bereits auf, überließ uns freiwillig weiß. So zu zweit schafften wir es, Danny an den Rand einer Niederlage zu bringen. Aber gegen Ende der Partie hob er – wie immer – seinen Zeigefinger und verkündete, wie bisher immer: „Ihr habt eine klitzekleine Kleinigkeit übersehen", bevor er uns mit wenigen Zügen demontierte. Im Grunde waren wir ein Glücksfall für Danny, da wir ihn mehr forderten als die wenigen Mitgefangenen hier, die überhaupt Schach spielten.

Bemerkenswert war Max' Art Schach zu spielen. Er liebte die Übersichtlichkeit der Endspiele, infolgedessen versuchte er durch zügigen Abtausch aller dafür überflüssigen Figuren soweit zu kommen, dass maximal noch zwei, drei Bauern, die Dame, vielleicht noch ein Turm und natürlich der König das Spielfeld bevölkerten, um dann seinen Gegner mit wirklich sehr schnell ausgeführten Zügen zu verwirren und dessen Fehler zu provozieren. Zielstrebigkeit war dabei nicht seine Stärke, er wollte vor allem Spaß haben.

So minimalistisch wie sein Schachspiel war auch sein Lebensstil, zumindest hinsichtlich seiner Kleidung – ich sah ihn bisher ausschließlich bekleidet mit blass-rosafarbenen Shorts – und seiner Ernährung. Das tägliche Brot ließ er hart werden, um es dann, eingeweicht und mit Kräutern versetzt zu einer Art Semmelknödel zu verarbeiten. Fleisch – überwiegend Hackfleisch – wurde von ihm angebraten, um es mangels Kühlgelegenheit für mehrere Tage haltbar zu machen. Soweit ich es mitbekam, waren das, abgesehen von Obst die einzigen Nahrungsmittel, die er zu sich nahm. Anzeichen einer Verwahrlosung nach immerhin elfjähriger Haftzeit waren bei ihm nicht festzustellen. Im Gegenteil, er war einer der wenigen hier, wenn nicht der einzige, der sich täglich rasierte. Seine Fingernägel waren perfekt manikürt. Die Finger nicht nikotingelb, obwohl er viel rauchte, dafür aber stets eine überlange Zigarettenspitze verwendete.

Seine Zelle hatte weder einen höhlenmäßigen Charakter wie die von Akki, noch war sie asketisch kahl wie Udos, sondern präsentierte sich nett weiß getüncht. An der Wand über dem nicht belegten Oberbett hingen einige Anzüge, eingetütet, dem Zahn der Zeit zu trotzen, in stark vergilbten Plastiksäcken. Die Wände zierten – sorgfältig herausgetrennt und sauber auf blaue Pappe geklebt – farbige Aktfotos aus dem Playboy oder ähnlichen Publikationen.

Trotz dieser eher an ein Speditionsbüro erinnernden Pin-ups hatte Max' Zelle eine seltsame Wirkung auf mich. Zumeist saß ich auf einem Hocker an der Längsseite hinter dem Etagenbett, wenn wir hin und wieder abends zum Teetrinken, Haschrauchen oder einfach nur zum Quatschen Max' Zelle bevölkerten. Ich weiß nicht, was es genau war, wo es herkam, dieses Gefühl, das mich dort in Max' weißgetünchter Zelle, auf dem Hocker sitzend, mit dem Rücken gegen die Wand gelehnt, regelmäßig überkam. Ein Gefühl der Sicherheit, des inneren Friedens, irgendwie... behütet zu sein. Ja, egal, was in der Welt „draußen" vor sich gehen mochte, Atomerstschläge, Erdbeben oder die Versteinerung allen Lebens durch die grüne Wolke. An diesem Platz fühlte ich mich auf eine irrationale Weise sicher.

„Morgen beim Konsul gibt es endlich wieder Marlboros", freute sich Wolfgang.

„Der Konsul bringt Zigaretten mit?", wunderte ich mich.

„Und überhaupt, was ist so Besonderes an Marlboros?", wollte Joe wissen.

„Also", erklärte Wolfgang. „ Hier gibt es nur zwei Zigarettenmarken. Die filterlosen Bafra und die mit Filter, die Samsun. Die Bafra kaufen wir hier im Kilo- Paket beim Kantinenwagen. Schmecken genauso kratzig wie die Samsun, die aber viel teurer sind. Die Marlboros hier sind entweder Schmuggelware oder stammen aus den Supermärkten der US-Stützpunkte. Um da zu kaufen, musst du aber Beziehungen haben."

Er lachte wiehernd. „Ihr könnt sicher sein, dass der Konsul nicht schmuggelt."

Nach „vorne" zu gehen, durch die vielen Gitter und Stahltüren mit ihren Schlüsselhütern, war eine langwierige Prozedur. Anlässlich des Konsulatsbesuchs gingen wir fünf Deutsche zum

Besucherraum, und mit Max zusammen dauerte das alles noch ein bisschen länger. Max kannte sie alle und alle kannten Max.

Bekleidet mit einem Polohemd und einer gut erhaltenen Adidas Trainingshose aus den Sechzigern, die lange Zigarettenspitze in der Rechten, sein *Tesphi* aus Bernstein imitierendem Plastik baumelte aus der Linken, grüßte er bald hier, bald da. Die Formel war immer die gleiche:

Auf ein „*Nasilsin*, wie geht es dir?", pflegte er lachend und scheinbar bestens gelaunt zu dröhnen: „*Bombuk*, beschissen. *Af yok, am yok*, keine Amnestie, keine Mösen." Darüber konnte das simple Wärtergemüt auch nach elf Jahren noch herzhaft lachen.

Seine blauen Augen blitzten mit offensivem Schalk hinter seiner leicht getönten Hornbrille, als er aus Dolmetscher Knerschs Hand seinen Geldumschlag entgegen nahm.

„Dann können wir ja endlich wieder Hasch und Pillen kaufen, was Josef?", worauf wir alle nickten, Max breit grinste, seine Ernest-Borgnine-Zahnlücke sehen ließ, Knersch unbeeindruckt, aber doch irritiert den Kopf schüttelte und Udos Umschlag aushändigte.

Knersch hatte für uns alle etwas dabei. Wolfgangs Geldquelle war seine Freundin, Joe erhielt Geld von seiner Mutter und für mich waren erfreulicherweise meine Eltern unaufgefordert tätig geworden und hatten über das Konsulat 300 Mark geschickt. Das Geld war bereits in Landeswährung getauscht. Wir brauchten nur noch zu quittieren. Außerdem erhielt Max seine obligatorische Stange Marlboro, eine zweite war für uns zum Aufteilen.

So reich beschenkt verließen wir nach kurzer Zeit den Besucherraum, wobei Max einen anderen Weg anführte.

„Wohin nun?", fragte ich Udo.

„Wir müssen zur Kasse", erklärte mir Udo.

„Und den größten Teil des Geldes einzahlen, das wir dann in kleineren Beträgen wieder abheben dürfen. So wollen sie vermeiden, dass zu viel Bargeld im Knast umläuft, verstehst?"

Max drehte sich um und griente in freudiger Erwartung. „Aber erst in die Apotheke, die Pillenversorgung sichern."

Max als einziger Pillenkonsument unserer Gruppe verschwand allein zum Apotheker, während wir anderen schon das Kassenbüro betraten. Der Mann hinter dem Tresen, ein kompakter Typ mit silbergrauen Haaren, die in gleicher Farbe auch aus seinem geöffneten Hemdausschnitt zwischen dem Goldkettchen heraus wucherten, wartete mit akzentfreiem Deutsch auf. Als ich an der Reihe war, das Geld vor mir auf dem Tresen liegend, patschte mir Max freundschaftlich auf die – gottlob – rechte Schulter und meinte mit einem Blick auf das Bündel Scheine:

„Na, wie ich sehe lassen die Pfeffersäcke ihre Sprösslinge auch nicht verkommen."

Mit meiner Antwort „Wollt ihr euren Sohn noch retten, schickt ihm Geld und Zigaretten", brachte ich ihn zum Lachen.

Gutgelaunt machten wir uns auf den Rückweg, wobei noch etliche Wärter von Max großzügig mit Marlboros – die hier eine begehrte Rarität waren – bedacht wurden.

Natürlich hielt die gute Laune nicht lange vor. Die parfümierten Marlboros waren bald auf geraucht und mit den kratzigen Bafras kehrte die Monotonie des Gefängnisalltags zurück. Die erdrückende Hitze umarmte alles und jeden. Das Endloskonzert der Folklore siedelte an der Grenze zwischen Karikatur und Gehirnwäsche. Der Lebensfilm lief in Zeitlupe. Ich durchlebte eine bisher nicht gekannte Antriebslosigkeit. Selbst an meine Träume konnte ich mich morgens beim Aufwachen kaum noch erinnern. Nun gut, dann waren es zumindest keine Albträume gewesen.

Langsam schlenderte ich von der Toilette zurück. Die Dämmerung setzte ein, die Folklore war bereits ausgeschaltet und die Temperatur moderat. Die Beleuchtung verabschiedete sich geräuschlos. Stromausfall. Mal wieder. Die Elektrik in diesem Gemäuer war erbärmlich. Über unserer Eingangstür befand sich ein rechteckiges Loch. Das sollte wohl ein Elektroverteiler sein. Man sah jedoch nur Kabelsalat, der teilweise aus dem Loch heraus wucherte.

Lärm und Geschrei aus dem Nachbarblock ließen mich verharren. Wahrscheinlich beklauten sich die Häftlinge im Schutz der Dunkelheit. Oder schlugen sich die Köpfe ein. Neugierig starrte ich angestrengt durch die Gitterstäbe, um eventuelle Aktionen zu erkennen, als sich hinter mir leise quietschend eine Zellentür öffnete und eine Stimme „Kss, Ronnie" wisperte.

Ich drehte mich um, und Usama, ein Ägypter, bedeutete mir mit einer einladenden Handbewegung, die Zelle zu betreten. Er bot mir einen Hocker an. Ich setzte mich und schaute mich um. Die Zelle war durch einige Kerzen schwach erleuchtet.

Robert saß auf dem unteren Bett und baute einen Joint. Im Hintergrund wuselte ein Türke, den ich nicht kannte. Robert schaute nur kurz auf, nickte mir zu und konzentrierte sich weiter auf das Zusammenkleben von Zigarettenblättchen ohne Klebefläche. Er hielt sie doppelt, führte sie zu seinem Mund und tackerte mit seinen Zähnen einmal von links nach rechts darauf herum. Nur sein ausgeprägter Schnauzbart behinderte den Vorgang leicht.

Das Ergebnis des Arbeitsgangs waren zwei an der Längsseite zerfaserte und angefeuchtete Blättchen, die er penibel auf einer ebenen Stelle seines rechten Oberschenkels ablegte. Dabei lagen die beiden zerfaserten Längsseiten übereinander. Nun schlug er einmal kurz mit seiner Rückfaust auf die Blättchen, drehte sie um, nochmals die Rückfaust und legte dann seinen linken Oberschenkel über den rechten.

Er blickte mich an „Drei Minuten", sagte er auf Deutsch, um dann auf Englisch fortzufahren. „Sorry, ich habe mein Deutsch verlernt, als Fremdsprache kommt immer nur Türkisch raus." Er grinste spitzbübisch. Seine blauen Augen blitzten unter seiner blonden Haartolle. „Du musst die so zusammengefügten Blättchen ungefähr drei Minuten pressen, dann sind sie vereint."

„Und wo bekommst du die Rohlinge her?", wollte ich wissen.

„Schau." Er nahm eine filterlose Bafra und leckte einmal leicht über die Schnittstelle des Papiers von vorne nach hinten. Dann nahm er sie zwischen die Lippen, hielt den Zeigefinger auf das Ende und blies vorsichtig. Das Zigarettenpapier öffnete sich an der Schnittstelle und Robert schüttete den Tabak in einen kleinen Stoffbeutel. Er wiederholte den Vorgang mit einer weiteren Zigarette und fügte die zwei so gewonnenen Blättchen wieder zu einem größeren zusammen.

„Möchtest du auch einen Tee?", wurde ich schon wieder auf Deutsch angesprochen. Diesmal von links. Die hagere Figur aus dem Hintergrund war ins Flackerlicht der Kerzen getreten.

„Oh, Entschuldigung, ich habe mich noch nicht vorgestellt. Ich bin Aydin aus Heidelberg." Er gab mir seine Hand zur Begrüßung. „Ich laufe hier nicht als Deutscher in der Statistik, obwohl ich in Deutschland aufgewachsen bin. Meinen *Sücer-tak* kennst du auch schon, Hussein. Er arbeitet im Kassenbüro. Also jetzt Tee, oder was?"

Ich nahm den Tee dankend an. Dann fiel mir plötzlich etwas ein.

„Was ist eigentlich mit türkischem Mokka? Ist das nur eine Legende?"

Osama antwortete: „Legende, nein. Es bezieht sich aber eher auf das Osmanische Reich. Die Araber haben den Kaffee in die Türkei mitgebracht. Bei der Mokka-Zubereitung wird der Kaffee mitgekocht. Er bleibt beim Trinken ganz unten in der Tasse übrig."

„Also wie in Griechenland?"

Er nickte. „Aber die Türken trinken vor allem Tee. Der wird im Land angebaut. Kaffee ist weniger verbreitet und muss importiert werden." Er grinste mich an, zeigte mir mit der Hand das internationale Zeichen für Geld. „Teuer."

Robert stieß mich leicht an und drückte mir den Joint in die Hand. Den betrachtete ich erst einmal genauer. Tatsächlich konnte ich bei genauem Hinsehen auf den Blättchen das Abdruckmuster von Roberts Jeans entdecken. Aydin war der Nächste. Er zog leicht, hustete und gab an Usama weiter. Nach dem Abklingen seines Hustenanfalles schaute er mich gequält an.

„Weißt du, ich habe erst hier im Knast das erste Mal Hasch geraucht."

„Tatsächlich? Warum seid ihr eingefahren?"

„Wir haben von Deutschland aus Handelsware in die Türkei exportiert. Aber wie so oft in diesem Scheissland ist jemand neidisch oder beleidigt, geht zur Polizei und behauptet, wir würden illegalen Handel betreiben. Es gibt zwar keine Beweise aber du wirst erst mal verhaftet." Er klang verbittert.

„Das mit dem Verrat kann ich bestätigen." Robert hatte unsere auf Deutsch geführte Unterhaltung teilweise verstanden. Ich drehte mich zu ihm. Er reichte mir den Joint.

„Im „Midnight Express" steht, ihr seid mit drei LKWs voller Dope an der Grenze aufgeflogen."

Robert schnaubte. „Bullshit. Billy Hayes kennt das alles nur vom Hören-Sagen. Die Wahrheit ist, ich kannte damals jemanden, der jemanden kannte, der einen Cousin hatte. Dieser Cousin betrieb eine Werkstatt in der Nähe von Beirut, die darauf spezialisiert war, Haschisch hinter die Innenverkleidungen von Fahrzeugen einzubauen. Also war klar, wenn sich die weite Fahrt lohnen sollte, müssten wir mehrere Fahrzeuge haben."

Robert nippte an seinem Tee und nahm einen letzten Zug vom Joint, den Usama anschließend entsorgte. Er schaute mich an. Ich entdeckte eine Spur des Bedauerns in seinem Gesicht.

„Damals hielt ich das für eine gute Idee. Wir wohnten alle in der Nähe von München und waren eine wirklich nette Clique junger Amerikaner. Die Jungs waren aber alle nur Maulhelden. Zum Start der Reise hatten wir drei VW-Busse, diese alten mit der geteilten Frontscheibe, weißt du? Und da alle Jungs aus verschiedenen Gründen abgesagt hatten, bestand unsere Gruppe aus fünf Mädels und mir. Unsere Hinfahrt führte nach Italien und dann per Fähre weiter. In Beirut lief alles wunderbar. Die Leute in der Werkstatt waren so freundlich und arbeiteten sehr fachmännisch. Da dachte ich, uns könnte wirklich nichts passieren."

Robert wechselte kurz ein paar türkische Worte mit Aydin, der daraufhin Tee nachschenkte. Jetzt wurde mir erst klar, dass Aydin kein Englisch sprach. Usama arbeitete an einem nächsten Joint und Robert fuhr fort.

„Ich selbst sah auch nicht wie ein Hippie aus, hatte einen adretten Kurzhaarschnitt. Einige meiner Freundinnen trugen sogar Kopftücher. Im letzten syrischen Dorf vor der türkischen Grenze machten wir abends Station, um die Grenze erst am nächsten Morgen zu passieren. Dort trafen wir auch auf eine türkische Familie, die im gleichen Hostel abstieg. Abends haben wir bei unseren Fahrzeugen noch ein paar Joints geraucht. Dabei müssen sie uns beobachtet haben. Am nächsten Vormittag, direkt vor der

Grenzkontrolle, sah ich ihren blauen Ford Taunus auf der türkischen Seite parken. Und ein spezielles Bild hat sich in meiner Erinnerung eingebrannt. Nämlich wie der Familienvater mit den türkischen Grenzbeamten redete und dabei in unsere Richtung zeigte."

Usama hatte den Joint fertig gebaut und übergab ihn Robert zum Anrauchen. Er nahm ein paar Züge, redete mit dem Ausatmen weiter, war jetzt ganz in seiner Geschichte.

„Da hatte ich schon ein merkwürdiges Gefühl, war aber noch nicht nervös. Das wurde ich erst, als auf der türkischen Seite die Beamten sofort anfingen, unsere Autos zu durchsuchen und hinter einer Seitenverkleidung Dope fanden. Okay, dachte ich, bevor die jetzt anfangen, die Autos komplett zu zerstören, zeige ich ihnen die Verstecke." Er schüttelte den Kopf.

„Es spielte keine Rolle. Ich habe die Wagen nie wieder gesehen. Ja, was als großes Abenteuer begann, endete im Gefängnis. Ich machte mir Vorwürfe, die Mädels da mit reingezogen zu haben. Die Beifahrerinnen wurden schnell entlassen, aber Jo Ann, Kathryn und ich blieben dort. Die Presse nannte uns das „Adana-Trio". Der Prozess dauerte fast zwei Jahre, eine Zeit zwischen Hoffen und Bangen."

Aydin bekam im Hintergrund wieder einen Hustenanfall, bevor der Joint zu mir wanderte. Ich hatte genug und gab ohne zu ziehen weiter an Usama. Robert sah mich ernst an, war wieder in der Gegenwart.

„Ich erzähl jetzt mal eine Begebenheit, die klarmacht, wie sehr es in diesem Land mehr und mehr eskaliert. Also, die politischen Gefangenen werden in den Gefängnissen strikt nach links und rechts getrennt voneinander eingesperrt. So können sie sich nur aus der Distanz hassen. Eines Abends, ich wunderte mich schon, wieso weit und breit keine Wärter zu sehen waren, fingen diese Idioten an sich gegenseitig aus ihren Zellenblöcken heraus zu beschießen. Und zwar nicht nur ein paar einzelne Schüsse. Nein, das ging die ganze Nacht weiter, bis zum Morgengrauen."

Ich blickte ihn ungläubig an. „Und, gab es Tote oder Verletzte?"

„Nein, Pistolen sind keine Distanzwaffen, da sind Treffer reiner Zufall. Trotzdem wollte ich dem Zufall keine Chance geben und habe die Nacht unter meinem Bett geschlafen. Und es war nicht die einzige Nacht."

Robert zerlegte die Reste des Joints und verbrannte den Pappfilter über einer leeren Corned Beef Dose.

„Dieses Land wird sich entweder bald in einem Bürgerkrieg befinden oder das Militär wird die Kontrolle übernehmen. Das wäre auch nicht das erste Mal."

Robert erwies sich als Prophet. Wenige Tage später stürmte Zeki den Zellengang entlang und durchbrach laut rufend die Ereignislosigkeit.

„Gute Neuigkeiten, gute Neuigkeiten!!"

Er lief fast bis zum Ende des Zellengangs durch, bevor er stehen blieb und sich umdrehte. Aufgewühlt und sichtlich außer Atem wartete er, bis sich fast alle vor ihm versammelt hatten.

„Das Militär hat letzte Nacht die Macht übernommen. Die Regierung ist abgesetzt und komplett verhaftet oder unter Hausarrest. Der neue starke Mann ist General Kenan Evren. Es gibt zur Zeit draußen Ausgangsbeschränkungen und eine noch umfassendere Militärpräsenz."

Er machte eine kurze Pause, bevor er die Botschaft hinter der Botschaft verkündete.

„Das ist jetzt der dritte Militärputsch in den letzten zwanzig Jahren. Bis jetzt hat es nach Militärinterventionen auch immer eine Amnestie für Gefangene gegeben. Und: Nächstes Jahr, am 29. Mai 1981, wird der hundertste Geburtstag von Kemal Atatürk gefeiert. Ein perfektes Datum für eine Amnestie."

Allgemeiner Lärm erhob sich. Die beiden Libanesen, der sehr große bleiche Tarik und der eher kleingewachsene braungebrannte Vecci, redeten wild gestikulierend arabisch auf Zeki ein. Der wiederum fiel auch ins Arabische und antwortete ebenso gestenreich. Damit war die Versammlung für unsere Ohren beendet.

„Das war ja mal wieder so ein typischer Zeki-Auftritt", knurrte Wolfgang. Wir saßen in Max' Zelle beim Tee, während draußen auf dem Gang noch lautstark diskutiert wurde.

„Der Zeki hat ja gar nicht mal so unrecht." Max zog gedankenverloren an seiner Zigarette. „Ich hab's ja selbst miterlebt. Mein Prozess dauerte fast fünf Jahre. Während dieser Zeit gab es auch einen Putsch mit anschließender Militärdiktatur. Kurz vor meiner Verurteilung gingen schon Gerüchte über eine bevorstehende Amnestie um." Max schaute in die Runde.

„Und jetzt kommt der Punkt, an dem sie mich gefickt haben. Wenn ich damals, wie vom Staatsanwalt gefordert, zu dreißig Jahren verurteilt worden wäre, dann wäre ich nach einer Amnestie ein freier Mann gewesen."

Er schaute nochmal in die Runde, alle hingen an seinen Lippen. Er zündete sich eine neue Zigarette an, sein *Tesphi* kreiste um seinen linken Zeigefinger, hob ab, flog durch die halbe Zelle und landete direkt neben Joe.

„Sei so nett Josef, danke." Joe reichte ihm das *Tesphi*.

„Was machten also die Arschlöcher, die ja sowieso alle unter einer Decke steckten?", führte er weiter aus. „Sie erhöhen kurzerhand das Strafmaß. Ich bekomme also die Todesstrafe und werde durch die anschließende Amnestie auf dreißig Jahre begnadigt. Zack, Deckel drauf. Ende der Geschichte." Er lachte dröhnend, doch diesmal wirkte es künstlich.

Später, nach dem gemeinsamen Abendessen in Akkis Zelle, stellte ich dann die Frage, die mich schon den ganzen Nachmittag beschäftigte.

„Wolfgang, hast du Max mal gefragt, ob er das Museum tatsächlich überfallen und den Wärter getötet hat?"

Wolfgang sah mich daraufhin merkwürdig an. Ich konnte den Blick nicht deuten. „Weißte, ich hab ja schon etwas Knasterfahrung. Hab in Deutschland fast eineinhalb Jahre wegen einer Drogengeschichte gesessen. Und was ich dort unter anderem gelernt habe: Wenn jemand nichts gestanden hat, und der Max hat nichts gestanden, war ein reiner Indizienprozess, dann fragt man im Knast denjenigen nicht, ob er's gewesen ist, verstehst? Kodex. Außer man ist wirklich sehr dicke, aber das ist selten im Knast."

Damit war das Thema also geklärt. Und das war es auch in anderer Hinsicht. Militärdiktatur hin oder her. Es spielte für uns hier im Gefängnis keine Rolle. Wir waren ja schon eingesperrt.

Joe und ich diskutierten in meiner Zelle.

„Akki sagt, man könne auch im Gefängnis frei sein, frei im Kopf", eröffnete mir Joe.

„Das wird mindestens genauso schwierig sein wie das Halten der Gedankenlosigkeit bei der Meditation", erwiderte ich.

„Mit einiger Übung wird man das Level erreichen können."

„Kiffen und Meditation schließen einander aus."

„Sieh es mal so, der Blickwinkel von hier auf die Welt ist ein anderer."

„Ja, wir sehen die Welt momentan von ziemlich weit unten."

„Die Erfahrung, im Knast zu sein, haben wir jetzt vielen voraus. Diesen Grenzbereich kennen zu lernen."

„Ich hätte da noch eine Nahtod-Erfahrung im Angebot. Ziemlich exklusiv!"

„Er nun wieder. Musst du damit kokettieren?"

„Hallo, das war eine Grenzerfahrung!"

„Draußen sind lediglich die Gitter nicht so offensichtlich."

„Aber man kann eindeutig mehr Spaß haben."

„Darin liegt auch die Gefahr, alles nur Ablenkungen."

„Hier ist die eigene Souveränität schon ziemlich beschnitten."

„Die wollen sie dir nehmen, stimmt. Aber du brauchst das nicht zu zulassen. In deinem Kopf kannst du frei sein."

„Soweit die Theorie."

„Hier haben wir also unsere beiden Abiturienten. Ist gerade Philosophiestunde?" Wir mussten alle lachen. Udo stand im Zelleneingang und hatte wohl schon länger zugehört.

„Aber ich habe auch einen Beitrag. Wenn du einen der Kollegen hier, egal wen, fragen würdest : He, kannst du mal kurz helfen, hast du mal kurz Zeit? Die Antwort wäre meistens: Zeit, kein Problem, dreißig Jahre. Schwarzer Humor, nicht Philosophie ist für viele der Schlüssel."

Ich sah die Welt in grau. Lungerte an der grauen Treppe zum Erdgeschoss herum. Blickte durch graue Gitterstäbe auf einen grauen Innenhof mit grauen Gestalten, grauer Hintergrundmusik. Hörte Gebrüll irgendwo auf unserem grauen Zellengang. Eine graue Gestalt lief auf mich zu, kam schnell näher. Ich blinzelte, der *Ayak-gee*, graue Hose, graues Gesicht. Nochmal blinzeln, dann sah ich seine Augen, seinen Blick, flackernd, voll Angst, Verzweiflung; Irrsinn!?

Er rannte schreiend an mir vorbei, die Treppe hinunter. Neugierig blickte ich über die Brüstung nach unten. Er war jedoch schon aus meinem Blickfeld verschwunden. Ich hörte sein Geschrei auf dem unteren Gang. Was war in den alten Mann gefahren, der so unauffällig und freundlich mit seinem Feudel jeden Morgen unsere Zellen säuberte?

Das Geschrei näherte sich wieder der Treppe. Ich wagte mich bis zum ersten Treppenabsatz vor und spähte um die Ecke. Der *Ayak-gee* war immer noch in seiner Raserei, schrie, zeterte. Sie hielten ihn kaum zu dritt. Jeweils einer links und rechts für die Arme, einer umklammerte ihn von hinten. Er zappelte, schwitzte, keuchte. Der Hintermann redete beruhigend auf ihn ein. Es dauerte. Sie bändigten ihn, das Flackern erlosch. Ich zog mich zurück. Stieg nach oben und schlurfte zu Akkis Zelle.

Die Diskussionsrunde tagte jedoch auf der Höhe von Max' Zelle. Ich hörte Max' lauten Bass dröhnen.

„Hör zu, Zeki, wenn ich jemanden ficken will, komm ich doch wenigstens mit 'nem Steifen daher und das war nicht der Fall.Was schert es mich, wenn der Depp so durchknallt, weil er mich zufällig nackt gesehen hat?" Er drehte sich um, ging in seine Zelle und schloss die Tür.

„Es ging um seine Ehre", erklärte Udo.

Wir saßen in Akkis Zelle beim Tee. „Er will mit seinem Feudel in die Zelle und es öffnet ihm ein nackter Mann. Nach seinem Verständnis will der ihn vergewaltigen. Na ja, bei dem Ayak-gee knallen also die Sicherungen durch und er rennt nach unten, um sich ein Messer zu besorgen. Wenn er Max absticht, ist seine Ehre wieder hergestellt."

„Ihr hättet mal seine Augen sehen sollen, komplett irre", warf ich ein.

„Jedenfalls", fuhr Udo fort, „haben die Türken unten ihm natürlich kein Messer gegeben, sondern versucht ihn zu beruhigen."

„Hab' ich beobachtet, drei Leute mussten ihn festhalten. Soviel Kraft vermutet man nicht in dem alten Mann", berichtete ich.

Udo nickte. „Der Typ ist ja ein ganz einfacher Landarbeiter aus der Provinz. Hat sechs Wochen wegen eines kleinen Diebstahls. Und der Witz ist, er soll übermorgen entlassen werden."

„Puh, dann ist ihm seine Ehre ja richtig viel wert", stellte Joe fest.

„Glaubst du, Max hat das Theater absichtlich herbeigeführt?", fragte ich Wolfgang.

Der kicherte. „Wahrscheinlich hat sich der Max gelangweilt und wollte mal sehen was passiert. Übrigens Ronnie, du bist an der Reihe mit Kartoffelschälen."

Ich machte mich an die Arbeit.

„Mir ist es wichtig, dem Tag eine Struktur zu geben." Danny und ich saßen in seiner Zelle bei unserer morgendlichen Schachpartie.

„Die Eckpunkte des Tages sind dabei ja relativ überschaubar", fuhr er fort, während er die Zentrumsbauern tauschte. „Morgens bringen sie das Brot, mittags kommt das Kantinenwägelchen und abends ist Zählung."

Ich lag schon wieder eine Figur hinten.

„Positiv, aber unregelmäßig, ist der Posteingang. Negativ und auch unregelmäßig sind die Durchsuchungen."

Meine Verteidigung drohte sich aufzulösen.

„Ich versuche, meine Rituale aufrecht zu erhalten. Jeden zweiten Tag morgens rasieren. Bewegung; täglich mindestens eine halbe Stunde den Gang auf und ab gehen, egal wie heiß es ist."

Er war etwas unkonzentriert und ich gewann meinen Läufer zurück.

„Zigaretten; mein Limit sind zehn Stück am Tag und ich zähle immer mit, weiß immer, die wievielte ich gerade qualme."

Er nahm einen Turmtausch vor.

„Nachmittags dann entweder schreiben oder Gitarre spielen."

Auf dem Brett war ich schon fast tot.

„Gitarre spiele ich ja leider nicht."

„Aber du kannst etwas anderes Wunderbares machen", sagte er und setzte mich schachmatt.

„Was meinst du damit?"

Wir bauten zur nächsten Partie auf.

„Du wirst ja hier kein Langzeitgefangener werden. Eure Zeit hier ist aus meiner Sicht überschaubar. Als ich damals in einer solchen Situation war, habe ich mir jeden Abend vorm Einschlafen vorgestellt, was ich machen würde, wenn ich wieder frei bin. Welchen Berg erklimmen, welche Wüste durchwandern."

„Du hast dir vorgestellt, eine Wüste zu durchwandern?"

„War nur ein Beispiel. Nein, ich habe mir vorgestellt, den Jakobsweg in Nordspanien zu erwandern."

„Wurde aus deiner Vision Wirklichkeit?"

„Leider nein. Kurze Zeit nach meinem Iran-Abenteuer lebte ich in Athen vom Schachspielen und war kokainabhängig."

„Das war dann ja eine komplett andere Richtung."

„Stimmt. Wäre ich gewandert, hätte mein Leben eine andere Wendung genommen. Ich nahm aber die falsche Ausfahrt und lernte einen Libanesen kennen, Faruk, der mir von seinem Schwager Mustafa aus Beirut berichtete. Dieser Mustafa hatte angeblich einen Lagerraum voller Haschisch, das er dringend loswerden wollte. Notfalls wolle er es auch verschenken, da er die Räumlichkeiten kurzfristig besenrein dem Vermieter übergeben musste. Faruk wollte nach Beirut reisen und einen Deal einfädeln und fragte mich, ob ich ihn begleiten würde. Kurz gesagt, kaum hatte ich meine Sucht überwunden, fiel ich meiner Gier zum Opfer."

„Erzähl."

Die Figuren waren aufgebaut. Danny hatte weiß, setzte aber keine Figur.

„Ich fühlte mich in Beirut äußerst unwohl. Überall schwer bewaffnete Soldaten. Wir waren in Mustafas Lagerräumen, in denen palettenweise Hasch herumstand. Aber die ganze Situation machte mich so nervös, dass ich nur noch weg wollte. Faruk war irritiert über meinen Sinneswandel, aber Mustafa sagte zu mir: ,Nimm mit soviel du willst. Ich schenke es dir.'

Danny starrte vor sich hin. „Das war der Moment, in dem ich das Falsche machte. Ich hätte mir einen Joint drehen und gehen sollen, aber nein … in meiner Gier stopfte ich meine Gitarre voll mit Dope. Ich fuhr mit dem Überlandbus. An der türkischen Grenze warteten sie schon auf mich. Die hatten sogar schon meinen Namen. Dieser Mustafa wird ein Polizeispitzel gewesen sein. So kann man auch bestraft werden."

Getrappel vom Zellengang. Rufe. „*Ekmek*, Brot!" Danny grinste. „Der erste Strukturpfeiler kommt."

Meinen ersten Brief unter meiner neuen Adresse erhielt ich überraschenderweise von meiner Schwägerin. Ich war Onkel geworden. Stephanie war am Tag meiner Gefängniseinlieferung geboren worden. Ein neues Leben innerhalb meiner Familie beginnt an meinem ersten Tag im Gefängnis. Ich ließ den Brief sinken. Moment, das war mir bis jetzt völlig entgangen. Der Tag unserer Verhaftung war der Geburtstag meiner Schwester gewesen. Zufall? Kosmische Fügung? Esoterischer Unsinn? Auf jeden Fall *Kismet*.

Joe betrat die Zelle mit einem Brief in der Hand und riss mich aus meinen Gedanken. Er nahm sich einen Hocker und hielt den Brief hoch. „Von meiner Mutter."

Ich deutete auf meinen Brief. „Von meiner Schwägerin. Ich bin Onkel geworden."

„Gratuliere. Hör mal, meine Mutter hat mit deinen Eltern Kontakt aufgenommen. Sie weiß von dem Anwalt und fragt, ob ich jetzt auch noch einen Anwalt brauche."

„Ich denke, da wir eigentlich zu zweit angeklagt sind, wird der eine Anwalt ausreichen. Schreib ihr, dass du praktisch von meinem mit vertreten wirst. Großes Vertrauen habe ich sowieso nicht in Dr. K. Aber Genaueres erfahren wir ja nächste Woche bei der Verhandlung."

Die Zeit verstrich. Die Ereignislosigkeit, die Hitze, die dauernde Musikberieselung, all das hatte einen zermürbenden Effekt. Wir trieben jetzt langsam auf diesen Termin der ersten Verhandlung zu und mir war, als würde dadurch alles noch langsamer ablaufen.

„Die erste Woche und die letzte Woche im Knast fand ich am schlimmsten", sagte Wolfgang beim Abendessen vor dem Tag der Verhandlung zu dem Thema. „Wenn es so langsam auf einen

Termin zugeht." Er drehte sich zu Udo hin. „Ist bei deinem ersten Verhandlungstag irgendetwas Bemerkenswertes passiert?"

Udo schüttelte den Kopf.

Akki verstand kein Deutsch. Er hatte jedoch ein erstaunlich gutes Gespür für die Stimmung, die Themen und wusste vieles sofort zu deuten. Er wechselte ein paar türkische Sätze mit Udo.

„Akki meint, die Verhandlung morgen wird keine zehn Minuten dauern und dann vertagt werden. Mit viel Glück ist euer Anwalt überhaupt im Gerichtssaal und ihr bekommt eine Kopie der Anklageschrift", übersetzte Udo.

„Na dann. Wir sind offen für alle möglichen Enttäuschungen", warf Joe ein. Wir machten uns gemeinsam über den Nachtisch her. Udo hatte Schichtpudding gemacht. Eine Schicht Schokolade, eine Schicht Kekse, eine Schicht Vanille. Es schmeckte köstlich.

Es ging sehr früh los am nächsten Morgen. Über die Lautsprecheranlage wurden endlos Namen aufgerufen. Es forderte uns einiges an Konzentration ab, zuzuhören, bis endlich etwas annähernd Ähnliches wie unsere Namen zu hören war. Wir warteten schon vor der Tür, die dann kurz darauf auch tatsächlich geöffnet wurde.

Im Gegensatz zu mir war Joe es nicht gewohnt, so früh auf den Beinen zu sein. Entsprechend einsilbig trottete er neben mir auf dem langen breiten Hauptgang in Richtung Besucherraum. Auf der Höhe des vorletzten Gitters vor der Administration bedeutete uns ein Wärter, nach links auf einen nur halb so breiten Gang abzubiegen. Hier gingen wir an einigen Innenhöfen vorbei, bevor wieder eine Art Schleuse vor uns auftauchte. Joe stieß mich an.

„Ronnie, schau mal rechts, Kinder."

Ich schaute nach rechts. Die Morgensonne beschien bereits die Hälfte des Hofes. Etwa zwei Dutzend Kinder spielten Fußball. Alle hatten kahlgeschorene Köpfe. Die Jüngsten vielleicht zehn Jahre alt. Bevor ich weitere Einzelheiten sehen konnte, betraten wir die Schleuse und wurden an unseren Handgelenken mit Ketten und einem kleinen Vorhängeschloss verbunden. Mein rechtes Handgelenk war an Joes linkes gekettet. Schon waren wir aus der Schleuse wieder heraus und betraten eine Rampe. Hier waren jetzt schon viele Häftlinge versammelt. Zügig ging es über kleine Treppen in die Hintereingänge der Gefängnistransporter. Jeweils acht Gefangene, immer im Zweierpack, fanden auf den Längsbänken der fensterlosen Transporträume Platz. Den Abschluss vor den Türen bildeten zwei bewaffnete *Jandarma*.

Die Wärter auf der Rampe arbeiteten mit Trillerpfeifen und die Abfertigung ging schnell. Die Türen wurden geschlossen und der Wagen setzte sich sofort in Bewegung. Zwei Oberlichter spendeten etwas Helligkeit. Wir fanden kaum Halt auf der Sitzbank, als der Transporter die erste Kurve nahm.

Die Fahrt war kurz.

Wir gingen durch ein Spalier von Jandarma auf ein Gebäude zu. Natürlich in den Keller. Hinter der ersten Gittertür wurden wir von den Ketten befreit. Wir befanden uns nun in einem ziemlich großem Gewölbe. Es war schwer abzuschätzen, wie groß der Keller wirklich war. Hinter einem Torbogen schien es noch weiter zu gehen.

Immer mehr Gefangene erschienen, produzierten Zigarettenrauch, Gesprächsfetzen, Ausdünstungen.

„Jetzt sollte ja Ergin hier auch auftauchen", raunte mir Joe zu.

„Stimmt, hab ich völlig verdrängt." Gedanklich war ich immer noch bei den Knastkindern.

„Typisch", kommentierte Joe. „Ich schau mich mal um."

Joe verschwand in Richtung Stirnseite des Gewölbes, während ich wenige Meter vom Eingang entfernt an der Wand verharrte. Und beobachtete. Zwei glattrasierte Herren in Anzügen mit weißen Hemden und Krawatten. Pomade im gescheitelten Haar. Sie hielten ihre *Tespihs* in Händen mit goldenen Siegelringen, rauchten Marlboros und ließen beim Sprechen goldene Schneidezähne aufblitzen. Ein ärmlich gekleideter älterer Mann mit Fes und Vollbart bildete den Kontrast. Ein Schwarzer in einem silbrig glänzenden Trainingsanzug. Dunkelblonde mit braunen Augen. Schwarzhaarige mit blauen Augen. Mongolische Gesichtszüge hier, Mondgesichter dort. Und dann ein Hüne, dessen riesiger Schädel beidseitig tiefe Dellen an den Schläfen aufwies.

„*Merhaba Arkadaşım.* Hallo, mein Freund."

Ergin stand lächelnd vor mir. Wir gaben uns die Hand. Links neben ihm Joe, rechts ein bleicher Glatzkopf mit ausgeprägten Augenringen und Vollbart.

„Ergin hat einen Dolmetscher dabei", erklärte Joe.

Der legte auch sofort los. „Euer Zeki hat meinem Freund Ergin einen Brief geschrieben. Ihr ändert eure Aussagen und dann … *Mashallah.* Wie Gott will."

„Genau", sagte Joe, „das ist alles, was wir tun können, und wir werden es tun."

„Wie ist der Ablauf hier? Werden wir aufgerufen?", fragte ich den Dolmetscher.

„Ja, sie rufen. Die Verhandlung ist um zehn Uhr. Kurz vorher solltet ihr dort hinten sein." Er zeigte auf den hinteren Teil des Gewölbes. „Dort gibt es eine Treppe zu den Verhandlungsräumen."

Wir standen noch eine Zigarettenlänge beisammen, bevor der Dolmetscher verschwand, und wir uns zu dritt den Weg durch die Menge bahnten. An der Treppe war ein Gedränge wie auf einem Bahnhof am Fahrkartenschalter.

Es dauerte nicht lange bis unsere Namen aufgerufen wurden. In Begleitung eines Gerichtsdieners und flankiert von zwei *Jandarma* gelangten wir in den Sitzungssaal. Es gab zwei Sitzreihen für Besucher, die Bank für uns Angeklagte davor und das höher gelegene Podium für Richter, Beisitzer und Staatsanwalt. Die Besucherreihe war unbesetzt.

Wir nahmen auf der hölzernen Anklagebank Platz. Links von uns eine vergitterte Fensterreihe. Die beiden *Jandarma* bewachten die Tür. Auf dem Podium drei grauhaarige, seriös wirkende ältere Herren. Der rechts Sitzende spielte gelangweilt mit seinem Stift, der Linke blätterte ohne großen Elan in einem Aktenordner. Der Mittlere unterhielt sich von oben herab mit einem Anzugträger, der vor dem Podium stand und mir den Rücken zukehrte. Dann drehte er sich um und kam gemessenen Schrittes auf mich zu.

Dr. K., der Anwalt. Er gab mir seine schlaffe Hand, „Guten Morgen, Herr Ronnie" und drückte mir einen zusammengefalteten Zettel in die Hand. „Das ist eine Kopie der Anklageschrift. Die Sitzung ist jetzt vertagt. Der nächste Sitzungstermin ist in drei Wochen."

Damit war die Vorstellung auch schon beendet. Der Gerichtsdiener winkte uns mit „*Gel, gel,* komm, komm" aus dem Saal, die *Jandarma* flankierten uns, und schon waren wir wieder in dem Kellergewölbe. Doch auch hier ging es gleich weiter, denn wir waren in der Ausgangsseite, wurden noch vor dem ersten Schleusengitter von Ergin getrennt und anschließend zusammengekettet, bevor wir die Treppe zur blendenden Sonne emporstiegen.

Die Transporter waren von der Mittagssonne aufgeheizt. Durchgeschwitzt erreichten wir unsere Heimatadresse.

Zurück in unserem *Koğuş* gingen wir mit Udos Hilfe die Anklageschrift durch. Es begann oben mit unseren Namen und Geburtsdaten.

„Ich übersetze jetzt mal sinngemäß", begann Udo, „ihr habt also von Ergin Hasch gekauft und es im Bus von Altinkum nach Izmir transportiert. Altinkum war euer Urlaubsort?" Wir nickten.

„Ronnie, du hattest 0,24 Gramm bei dir. Merkwürdig, von Joes Menge steht hier nichts."

Akki erschien mit einem abgegriffenen Buch in der Hand. Er reichte es Udo.

„Danke Akki", nickte Udo. „Da haben wir also das Strafgesetzbuch."

„Woher?", fragte Joe.

„Von den Türken unten", antwortete Akki, während er sich auf einen der kleinen Hocker mir gegenüber setzte. Udo blätterte bereits.

„So, Paragraph 403/3 – 4 haben wir hier: Verkauf sowie Transport von *Esra*, also Haschisch innerhalb der Türkei gibt neun Jahre und 4 Monate."

Joe stöhnte. Ich schloss meine Augen und dachte an mein Telefonat mit dem Konsulat. Ein Déjà-vu. Schon wieder so ein Satz. Ein Satz, der mich verzweifeln ließ. Der mein Gleichgewicht zerstörte und mich in die Tiefe riss. Der Strudel verstärkte sich. Akkis Stimme holte mich zurück.

„Ronnie, schau."

Ich blickte hoch. Er sah direkt in meine Augen; in mich hinein.

„Sie wollen dir nur Angst machen."

Er grinste und tickte mit dem Zeigefinger gegen seinen Kopf. „Red lamp, you know?"

Ich musste lachen und gab ihm meine Hand. Er drückte fest zu. Wieder geerdet! Udo schaltete sich ein.

„Außerdem bezieht sich die Anklageschrift ja auch auf Ergin, den Verkäufer." Das klang irgendwie logisch. Allerdings war mein Vertrauen in die Logik der türkischen Militärdiktatur nicht besonders groß.

Wolfgang erschien im Zelleneingang. „Hey Leute, die Kartoffeln schälen sich nicht von alleine."

Das würde mich auf andere Gedanken bringen. Ich stand auf und folgte ihm. Nun sind die Küchenmesser im Gefängnis nicht mit denen daheim zu vergleichen. Hier bestanden sie aus einem Holzgriff mit einer kurzen eingetapten Klinge, die aus Weißblech bestand und nur bedingt scharf war. Jegliche Schälarbeiten waren eine mühsame Prozedur. Immerhin eine produktive Ablenkung.

Zwar war ich dank Akkis Unterstützung nicht in das ganz tiefe Loch gefallen, aber meine innere Unruhe blieb weiterhin bestehen. Und ich wusste, da war keine kurzfristige Besserung zu erwarten. Ich musste lernen, damit zu leben.

Meine Albträume wurden zu gewalttätigen, blutigen Massakern. Der Beisitzer warf seinen Stift nach uns. Während des Fluges verwandelte sich der Stift in einen Speer, der mich knapp verfehlte. Die Herren in den Anzügen waren jetzt eindeutig Mafiosi, trugen Al Capone-Hüte und schossen mit Maschinenpistolen auf die kahlgeschorenen Kinder. Der Schwarze hatte seinen Trainingsanzug mit einer US- Uniform getauscht und warf Granaten. Explosionen, Rauchschwaden, Chaos. Der Hüne mit den eingedellten Schläfen kam, einen riesigen Gesteinsbrocken mit ausgestreckten Armen über seinen Kopf balancierend um die Ecke. Der anschließende Wurf begrub alles unter sich. Ich erwachte schwitzend und unverletzt im Morgengrauen.

Das erste Oktoberwochenende war vergangen, als Udo mit der Tageszeitung die Zelle betrat, wo Joe und ich gerade über einer Schachpartie im Endstadium brüteten.

„Am Wochenende waren in Deutschland Bundestagswahlen", er blickte hoch. „Schmidt oder Strauß?"

Wir antworteten simultan. „Pest oder Cholera?"

Das war die gängige Sponti- Antwort der Siebziger. Udo kannte sie noch nicht. Er lachte fast ausgelassen. „Pest hat gewonnen." Also weiter Schmidt.

„Aber diese neue Partei, die Grünen, hat die Fünf-Prozent-Hürde nicht geschafft."

„Schade, aber die Zeit wird kommen. Nächstes Mal." Da waren wir uns sicher.

Der nächste Tag bescherte uns eine Überraschung. Und wieder war Zeki der Herold. Wieder lief er, „gute Neuigkeiten, gute Neuigkeiten" rufend über den Gang bis fast zur Toilette.

Er drehte sich um und wartete, bis wir alle auf dem Gang versammelt waren.

„Schon wieder ein Putsch?", knurrte Wolfgang, als wir uns dazu gesellten.

Zeki grinste uns an. „Ihr wisst ja alle, dass wir schon eine ganze Weile mit der Gefängnisleitung über die Rückgabe unserer Kassettenrekorder verhandelt haben. Mit dem Argument, sie könnten nicht den türkischen Häftlingen die Geräte wegnehmen und den Ausländern die Benutzung weiterhin gestatten …"

„Zeki, komm zum Punkt", unterbrach Max. Zeki hob beschwichtigend die Hände.

„Okay, okay, Fakt ist, sie bieten uns an, in eine ehemalige Krankenstation zu ziehen. Dort wären wir Ausländer komplett unter uns und dürften unsere Musikgeräte wieder benutzen."

„Perfekt!", rief Albino, „wann können wir umziehen?"

„Sehr bald", antwortete Zeki, „zuerst einmal ist es uns gestattet, den *Koğuş* zu besichtigen … und zwar jetzt sofort. Bitte nach euch."

Das war ja eine Ansage. Wir gingen alle zusammen zur Tür. Es hatte was von einem Betriebsausflug. Der gemeinsame Marsch dauerte wenige Minuten. Der zuständige Wärter hatte die Tür bereits aufgeschoben. Max, der direkt vor mir ging, murmelte: „ Josef, hier war ich irgendwann schon mal."

Wir betraten einen fast quadratischen, ungefähr hundert Quadratmeter großen Raum. Ich ging direkt bis zur Stirnseite durch. Hier standen mehrere lange Tische aneinander, gerahmt von Holzbänken davor und dahinter. Ich drehte mich um. Ganz rechts vergitterte Fenster. Links fünf Türen. Und was war das rechts? Ein halbhoher hölzerner Tresen, auf dem mittig Gitter bis zur Decke reichten. Keine banalen Gitterstäbe, nein, eher ein verschnörkeltes Kunstschmiedewerk. Dieser Tresen ragte von der Fensterfront rechtwinklig ungefähr sechs Meter in den Raum, bevor er im Neunzig-Grad-Winkel abbog und an der Mauer endete. So bildete die L-Form einen relativ großen Raum.

Albino stand in dem Raum. Seine Augen leuchteten. „Hier werde ich einziehen", verkündete er laut. Ich lehnte mich von außen gegen den Tresen.

„Ist ja ziemlich offen, dein neues Domizil."

„Das ist kein Problem. Ich habe genügend Decken und große Tücher, um die Gitter komplett abzudecken."

Ich ging in Richtung Ausgang. Rechts der Tür waren die Toiletten. Links die Küche mit zwei großen Spülbecken und einer Anrichte aus Beton.

Der erste Raum war ein Zwei-Bett-Zimmer, in dem Max und Wolfgang schon über die Einrichtung diskutierten.

Alle anderen Räume waren jeweils gleich große Vier-Bett-Zimmer. Joe, Udo, Danny und ich würden das erste beziehen. Ich ging durch bis zum Fenster und blickte aus dem ersten Stock auf einen kleinen Hof mit vertrockneter Vegetation. Ich sah nirgendwo Türen. Diesen Hof würde niemand betreten. Ich durchquerte den Gemeinschaftsraum, um dort aus dem Fenster zu sehen. Es bot sich das gleiche Bild. Auch hier ein toter Hof.

Ich ließ meinen Blick schweifen. Eine Glotze stand in dem Winkel, den Albinos Tresenraum zur Fensterreihe bildete. Das Gerät stand auf einem Gestell. Der Bildschirm in Augenhöhe, das Gestell durch ein bodenlanges Tuch abgedeckt.

Zeki rief uns zusammen. Die Inspektion war beendet. Wir marschierten in unseren *Koğuş* zurück.

Der Libanese Vecci zog es vor, weiter bei seinen türkischen Freunden zu wohnen, während der Deutsch-Türke Aydin lieber mit uns umziehen wollte. Zeki wollte das Thema mit der Gefängnisleitung besprechen.

Nicht, dass sich die Ereignisse jetzt überschlugen, aber es passierte innerhalb weniger Tage relativ viel. Zumindest für Gefängnisverhältnisse.

Post. Briefe von Freunden, von meiner Schwester. Ich wurde von Mitleid, Anteilnahme und aufmunternden Durchhalteparolen überschüttet. Dann auch, endlich, ein Brief meiner Mutter. Klar, sie war es, die schrieb. Mein Vater unterzeichnete Schecks, schrieb aber keine Briefe.

Er hatte andere Talente. Einer seiner Kunden, ein Türke, betrieb ein Reisebüro in Hamburg und eines in Izmir. Er würde bei seinem nächsten Flug in die Türkei einen Koffer mit Kleidung, Toilettenartikeln und anderen Kleinigkeiten für mich mitbringen und beim Konsulat zur Weiterleitung abgeben. Von meiner Schwägerin waren wie versprochen die ersten SPIEGEL-Ausgaben eingetroffen.

Die Briefe spendeten mir Trost. Man sorgte sich um mich. Ein kurzes, wohliges Gefühl. Ein zartes Band zwischen meinen Freunden und meiner Familie da draußen und mir … hier drinnen im Mikrokosmos des Gefängnisses. Unfrei und mit ungewisser Zukunft...

„He, Träumer. Es geht los. Die Umzugswagen sind da." Udo stand im Zelleneingang. Ich packte meine Briefe zusammen. Mit Hilfe kleiner Handkarren vollzogen wir unseren Umzug.

Wir richteten uns ein.

Albino hängte das Tresengitter mit Decken und Tüchern ab. Max drapierte die Wände mit seinen Pin-ups oder richtiger; er saß auf dem Bett und gab Wolfgang Anweisungen.

Ich befestigte meinen Wandteppich mehr schlecht als recht über meinem Bett und versuchte, die Berg- und Talbahn aus meiner Matratze zu klopfen.

Am Nachmittag erschienen mehrere Wärter. Angeführt von einem sehr großen, grimmig dreinschauenden Typ mit insgesamt vier Streifen auf den Ärmeln seiner Uniformjacke. Auch die obligatorische Begrüßung von Max lief eher frostig ab.

„Wer ist denn der unsympathische Typ?", fragte ich Udo.

„Das ist Sarigül, der Chef der Wärter. Vor dem muss man sich in Acht nehmen."

Die Inspektion in unserem *Koğuş* war nach einem kurzen Blick von Sarigül in jedes Zimmer schnell beendet.

Abends, nach der Zählung, hielt Zeki erneut eine kleine Ansprache.

„Wie ihr vielleicht wisst, gab es hier neulich einen Todesfall in *Koğuş* 13. Ein Häftling wurde morgens am Treppenabsatz mit gebrochenem Genick gefunden."

„Was hat das mit uns zu tun?", unterbrach Albino.

„Nun", fuhr Zeki fort, „der Häftling war ein Kinderschänder. Die stehen ja hier in der Hierarchie ganz unten. Jetzt wurde gerade wieder einer eingeliefert. Die Gefängnisleitung hat mich gefragt, ob wir den Mann als *Ayak-gee* aufnehmen, da sie uns für weniger gewalttätig als ihre Landsleute halten."

„Was haben wir davon?", dröhnte Max dazwischen.

Zeki grinste. „Das hab ich natürlich auch gefragt und einen kleinen Handel abgeschlossen. Wir nehmen den Mann und dürfen dann öfter und regelmäßiger ins *Hamam!*" Alle nickten und der Fall war beschlossen.

Ich drehte mich zu Udo. „Hier gibt es ein Schwimmbad?" Wolfgang wieherte. Max antwortete. „Das brauchst du nicht glauben, Josef."

„Wenigstens Duschen?", fragte Joe.

„Die habe ich hier auch noch nirgendwo gesehen", brummte Max und ging in sein Zimmer.

„Wie kann man sich das sonst vorstellen?"

„Das ist im Prinzip ein rechteckiger Kellerraum mit vielen Wasserhähnen rundum", versuchte Udo zu beschreiben. „Die Wasserhähne sind auf Kniehöhe und es kommt warmes Wasser raus. Da kannst dich daneben hocken und dich waschen. Wirst schon sehen."

Am nächsten Morgen schubsten sie den neuen *Ayak-gee* in unseren *Koğuş*. Ein ungefähr zwanzigjähriger kleiner Mann in zerlumpten Klamotten, strubbeligen Haaren, leicht gelblicher Gesichtshaut und einem sympathischen Grinsen. Was hatte ich erwartet? Er jedenfalls wusste, was von ihm erwartet wurde, und machte sich willig an die Arbeit.

Der nächste Tag war unser zweiter Verhandlungstag. Praktisch eine Kopie des ersten. Wieder der frühmorgendliche Marsch vorbei am Kindertrakt. Anschließend zusammengekettet in den Transporter, die kurze Fahrt und wieder in den Gerichtskeller. Natürlich nicht die gleichen Gesichter, aber die gleiche Atmosphäre, die gleichen Gerüche. Der gleiche Gerichtssaal. Die gleichen gelangweilten Beisitzer. Der Anwalt, der mit dem Richter sprach, dann zu mir kam und mich begrüßte. Meine Mitangeklagten ignorierte und mir mitteilte, dass die Sitzung vertagt sei.

Und Abmarsch, „*Gel, Gel.*"

Realsatire. Blöd nur, wenn man selbst der Spielball ist.

Zurück in unserem *Koğuş* stellten wir sofort eine Veränderung fest. Es wurde laut, sehr laut italienisch gesprochen. Wir hatten einen Neuankömmling. Albinos Zimmertür stand offen und so wir betraten den Raum, der einen gemütlichen Eindruck machte.

Albino saß auf dem Bett neben dem Holztresen. Auf dem anderen Bett gegenüber ein jungenhafter Mann mit kahlgeschorenem Kopf.

„Hi Albino, nett hast du es hier. Stell uns doch mal deinen neuen Mitbewohner vor."

Albino zeigte auf uns. „Ronnie und Joe aus Hamburg, Urlauber." Er deutete auf sein Gegenüber. „Claudio aus Rom, dreißig Jahre."

Der Mann stand auf. Klein, drahtig, schlank. Grüne Augen und kaum Bartwuchs. Er erhob sich und kam auf uns zu.

„Hallo, nett euch kennenzulernen." Ein fester Händedruck. Kehliges Englisch mit sehr starkem Akzent.

„Aber dreißig bist du noch nicht?"

„Alle spielen auf mein Alter an, frage mich, woran das liegt", lachte er.

„Na ja", grinste ich „du siehst eben aus wie ein Teenager. Ich möchte nur wissen, ob ich meinen Titel als Benjamin des *Koğuş* loswerde. Ich bin dreiundzwanzig."

„Okay. Ich nehme deinen Titel, ich bin einundzwanzig."

„Dann ist das ja geklärt. Wir sehen uns später."

In unserem Zimmer waren Udo und Wolfgang dabei, eine Einkaufsliste zu erstellen. Udo blickte auf.

„Na, Jungs, wie lief eure Verhandlung?"

Joe machte eine wegwerfende Handbewegung. „Nach zwei Minuten vertagt." „In drei Wochen ist die nächste", ergänzte ich.

„Die positive Erkenntnis des Tages: Die Hitze des Sommers befindet sich auf dem Rückzug."

Udo nickte. „Jetzt kommt die angenehmste Jahreszeit. Wenn man nur das Klima betrachtet."

„Und wie kalt wird der Winter?", wollte Joe wissen.

„Oh, der wird, sagen wir mal, feucht-kalt. Halt klamm."

„Aber wir bekommen dann einen Ofen hier rein gestellt", bemerkte Wolfgang. „Dann können wir jede Menge Apfelmus kochen", er verdrehte die Augen. „Milchreis mit Apfelmus. Da freue ich mich jetzt schon drauf." Er zeigte auf mich. „Und du Ronnie, arbeite an deiner Schältechnik. Die Äpfel müssen noch sehr viel dünner als die Kartoffeln geschält werden."

Das nahm ich erst mal so hin.

„Was habt ihr beiden jetzt noch an Kohle auf Tasche?", fragte Wolfgang. „Wir überlegen grad, wie viel Weintrauben wir kaufen können. Um Wein herzustellen brauchen wir mindestens sieben bis zehn Kilo, dann noch Zucker und Hefe."

Joe zählte ein Bündel Geldscheine durch. „1900 TL" und reichte es Udo. Meine Inventur ergab nochmal ungefähr die gleiche Summe.

„Das reicht, nächste Woche ist ja wieder das Konsulat zu Besuch." Udo verließ das Zimmer mit Geld und Liste. Wolfgang sah uns wissend an.

„Wir haben alles Notwendige. Zwei Flaschen, werden aber wahrscheinlich erst mal nur eine brauchen. Der Ertrag ist ziemlich gering. Max hat einen kleinen Plastiktrichter zum Einfüllen. Fast wichtiger noch ...", Wolfgang zog eine Damenstrumpfhose aus seiner Tasche.

„Wozu soll die gut sein?", fragte Joe.

„Pass auf, es ist ganz einfach. Die Weintrauben kommen ohne die Stängel in die Strumpfhose und dann wird gequetscht. Das Ganze in unseren großen Kochtopf. Der Saft wird mit Hefe und

Zucker gemischt. Anschließend per Trichter in die Flasche. Die verschließen wir mit Alupapier und stellen sie ein paar Tage am Fenster in die Sonne. Fertig."

Joe schaute ihn skeptisch an. „Kennst du die genaue Dosierung von Zucker und Hefe?"

„Och, das hab' ich so im Gefühl. Hat letztes Jahr auch gut funktioniert."

Die Zählung war schon durch. Das Abendessen auch. Ich stand in der Toilette an der Pinkelrinne, als Albino sich neben mich stellte.

„Lust einen Joint zu rauchen?", lud er mich ein.

„Gerne."

„Dann komm mit."

In Albinos Zimmer saß Claudio schon mit einem fertig gebauten Joint auf dem Bett. Wir hatten in Buca bestimmt zwei Wochen kein Hasch mehr gehabt.

„Du hast es mitgebracht?"

Claudio nickte grinsend. Na, der hatte Nerven. Ich konnte meine Neugier nicht bezähmen.

„Wie viel?"

„Nicht viel. Ich musste ja immer damit jonglieren." Er deutete ein paar schnelle Fingerbewegungen an. „Aber es reicht für heute Abend."

„Wie lief es mit eurer Verhandlung heute?", fragte Albino und reichte mir den Joint.

„Ein Witz. Ohne Zucken sofort vertagt."

„Ja, das kenne ich nur zu gut. Mein Fall ist ja auch noch nicht komplett abgeschlossen. Wir ziehen noch vor den obersten Gerichtshof. Letzte Instanz. Aber das dauert. Durch den Putsch wird es jetzt wohl noch länger dauern."

„An welcher Grenze bist du verhaftet worden?"

„Das ist ja der Punkt. Wir sind nicht an der Grenze verhaftet worden."

Ich sah ihn fragend an.

„Wir waren zu dritt und kamen aus Afghanistan mit einem alten Citroen DS. Natürlich hatten wir auch etwas Dope dabei. Vielleicht zwanzig, dreißig Gramm. Nur so für die lange Fahrt. Wir hatten Glück und kamen problemlos über jede Grenze. Wir waren schon ungefähr vierzig Kilometer in der Türkei und machten eine Pause in einem kleinen Ort. Es war Nacht und es war kalt. Wir ließen den Motor laufen und die Fenster zu. Und rauchten einen Joint. Wir dachten, es wäre hier legal, und gegenüber war direkt eine Polizeistation."

Er drückte den Joint aus und schaute mich etwas verlegen an.

„Okay. Heute ist es mir auch peinlich. Aber damals waren wir alle, wie sagt man..., nicht zurechnungsfähig. Die Staatsanwaltschaft ließ unser Dope analysieren und stellte fest. Das ist ja afghanisches Hasch. Dafür gibt es dann mal dreißig Jahre. Aber sie konnten nicht beweisen, dass wir mit dem Dope die Grenze überquert hatten. Und darum geht es. Und ja, ich saß am Steuer und hatte den Joint in der Hand, als die Polizisten die Tür unseres von innen völlig zugenebelten Autos öffneten."

Aus dem Hintergrund hörte ich kurz Musik der fünfziger Jahre aus Max' Zimmer. Mein Blick fiel auf einen Kassettenrekorder, der schräg in der Ecke stand.

„Was ist mit deinem Rekorder?"

„Defekt. Leider. Aber meine Eltern kommen nächste Woche zu Besuch und werden einen neuen mitbringen."

„Aber, um nochmal auf deinen Prozess zurückzukommen. Hast du einen türkischen Anwalt und kannst du dem vertrauen?"

„Nun, ich bin da schon etwas privilegiert. Ich habe einen italienischen und einen türkischen Anwalt. Fakt ist aber, dass ich schon seit über drei Jahren im Knast sitze. Und meine kleine Tochter noch nicht ein einziges Mal in die Arme nehmen konnte."

Ich legte meine Hand auf seine Schulter. „Der Tag wird kommen."

Er nickte mit schmerzverzerrtem Gesicht.

Unser Alltagsleben veränderte sich mit dem neuen *Koğuş*. Alle außer Max benutzten zum Kochen die Gemeinschaftsküche. Gegessen wurde an den Tischen im hinteren Teil des großen Raums. Es war wie im richtigen Leben. Die Italiener kochten Nudeln in vielen Varianten. Die Araber kochten ihren Reis und wir Deutschen Kartoffeln.

Und abends lief der Fernseher. Natürlich ein Schwarz-Weiß-Gerät ohne Fernbedienung mit leicht verrauschten Bildern. Die Beschallung mit türkischer Folklore hatte auch endlich ein Ende. Wir beschallten uns selbst. In moderater Lautstärke und Dosierung. Bei Max liefen die Schlager-Highlights der Fünfziger und Sechziger. Robert, der das letztgelegene Zimmer mit Aydin und Usama bewohnte, hörte überwiegend amerikanischen Rock und Pop der Vor-Woodstock- Ära. Albino wartete noch auf sein neues Gerät, spielte aber oft auf seiner Gitarre.

Das Ganze hatte etwas von einer Männer-Wohngemeinschaft. Der entscheidende Unterschied: In einer normalen WG gab es üblicherweise ein Kommen und Gehen. Hier gab es lediglich ein

Kommen und Bleiben. Zumindest ich sah noch niemanden gehen. Im letzten Frühjahr aber soll es eine Entlassung gegeben haben.

Friedhelm, ein Deutscher. Nach sechzehn Monaten Haft. Laut Wolfgang soll er ein begnadeter Kartoffelschäler gewesen sein. Produzierte angeblich Schale so dünn wie Papier. Wahrscheinlich Knast-Latein.

Hier gab es für unseren Bewegungsdrang keinen vorgegebenen Wanderpfad mehr. Das war in unserem vorherigen Koğuş der lange Zellengang gewesen. Nun ergaben sich Variationen. Von der Tür bis zu den Bänken an der Stirnseite. Dreißig Schritte. Abbiegen nach links bis zur Fensterreihe. Fünfzehn Schritte. Links bis zur Glotze und den Tresen entlang zurück. Man konnte auch Kreise gehen.

Unendliche Möglichkeiten. Wären da nicht die Gitter gewesen.

Ich stand in unserem Zimmer am Fenster. Joe lag auf seinem Bett und las den SPIEGEL. Auf der Fensterbank außerhalb der Stäbe standen unsere zwei Flaschen Wein in der Abendsonne. Der Inhalt sah nicht annähernd aus wie Wein. Es war eine trübe, gelbliche Brühe. Udo und Wolfgang hatten lange über die Zutaten diskutiert. Wolfgang hatte sich durchgesetzt. Noch etwas mehr Zucker und eine Spur mehr Hefe.

„Warum sieht unser Wein wie Erbsensuppe ohne Erbsen aus? Hast du den Wein von Albino gesehen? Glasklar."

„Sind eben Italiener. Die kennen sich aus mit Wein", brummte Joe ohne aufzublicken. Ich hörte von irgendwoher jemanden singen. Mein Blick suchte die Fenster des kleinen Innenhofes ab. Niemand zu sehen. Die Stimme wurde jetzt etwas klarer.

„Joe, hörst du das auch?"

Joe bemühte sich zum Fenster. „Ja, hört sich richtig gut an."

Wir lauschten andächtig dem glockenhellen Gesang. Dann eine Pause. Geträller. Die Tonleiter hinauf und wieder runter.

„Schaut ihr dem Gras beim Wachsen zu?" Udo hatte das Zimmer betreten.

„Nein, wir lauschen einem wunderschönen Gesang." Nun lauschten wir zu dritt. Der Gesang war intensiv. Die Stimme hatte Kraft und eine enorme Bandbreite. Wechselte anscheinend mühelos zwischen hohen und tiefen Tönen.

Udo flüsterte. „Das wird dieser Sänger sein. Bülent Ersoy. Der ist hier in der Türkei ein echter Star. Ein Transvestit. Heute stand in der Zeitung, dass er in Izmir verhaftet wurde. Wegen Erregung öffentlichen Ärgernisses."

Der Auftritt war leider nach wenigen Minuten beendet. Udo fuhr fort.

„Der Militärjunta ist so ein Mensch natürlich ein Dorn im Auge. Wer in diesem Land jetzt anders ist als die Anderen, bekommt Probleme. Und da sie hier nicht wussten, ob sie ihn zu Männlein oder Weiblein sperren sollen, hat sie eine Einzelzelle."

Leider blieb dieser kurze Auftritt eine einmalige Angelegenheit. Zwei Tage später berichteten die Zeitungen über ihre Freilassung.

Wir hatten die letzte Oktoberwoche, als wir endlich das *Hamam* besuchen durften. Alle zusammen, einschließlich Max, schlurften wir Ali hinterher. Ali war ein Wärter mit drei Streifen an den Ärmeln seiner Uniformjacke und einem ausgeprägten Nussknacker-Gesicht.

Wie Udo bereits berichtet hatte, befand sich das *Hamam* im Keller und war ein länglicher Raum mit Wasserhähnen ringsum.

Im Vorraum legten wir unsere Kleidung ab. Nicht ohne von Zeki nochmals darauf hingewiesen zu werden, die Unterhosen bitteschön anzubehalten.

Neben den einzelnen Wasserhähnen ein kleiner steinerner Sitzplatz und eine umlaufende Rinne als Abfluss. Aus den Wasserhähnen floss tatsächlich warmes Wasser.

Was wie ein Tag in einer katholischen Männer-Badeanstalt begann, nahm Fahrt auf, als der erste Schwamm flog und den kleinen dunkelhäutigen Cemal traf. Er guckte zuerst etwas verdutzt, nahm dann aber grinsend den Schwamm in seine rechte Hand und hielt ihn unter den laufenden Wasserhahn. Vollgesaugt landete der als Lupfer punktgenau auf Albinos Kopf. Nun gab es kein Halten mehr.

Fünfzehn Männer in Unterhosen verwandelten sich in Kinder. Wir schäumten und spritzten. Warfen mit Seife, Schwämmen und Lappen. Johlten und schrien.Es war herrlich ausgelassen. So ging das bestimmt eine halbe Stunde. Dann pfiff der Wärter das Spiel ab. Seifenblase geplatzt. Pling. Game over. Kein Freispiel.

Wir erhoben uns mühsam von unseren steinernen Sitzplätzen und gingen in den Vorraum, um uns abzutrocknen. Schweigend trotteten wir dem Nussknacker hinterher in unseren *Koğuş.*

Die Dichte der hier geschilderten Ereignisse soll nicht darüber hinwegtäuschen, dass die Zeit quälend langsam verstrich. Dass wir Gefangene in der Endlosschleife der Eintönigkeit waren. Dass der Gestank nicht nur aus der Toilette stammte. Dass die Gereiztheit und die Frustration meinen Mitgefangenen manchmal im Gesicht geschrieben standen und oft Kleinigkeiten ausreichten, um einen veritablen Streit vom Zaun zu brechen. Anscheinend einfach, um etwas Abwechslung ins Spiel zu bringen. Das

Gute an der Streitkultur der Araber: Genauso schnell wie sie sich aufregten, regten sie sich auch wieder ab.

Früher Morgen. Ich stand an einem der Fenster des Gemeinschaftsraums. Unten im Hof die spärliche Vegetation. Oben der Himmel nicht mehr blau. Hellgrau kündigte den Herbst an. Wenn es hier überhaupt einen Herbst gab.

Ich hatte Kopfschmerzen. Dachte an den gestrigen Tag. Der fing eigentlich gut an. Das Paket meiner Eltern erreichte mich via Konsulatsbesuch. Es war sogar etwas Nescafé in einer kleinen Plastiktüte dabei. Obendrein gab es die Marlboros. Alles in allem fast wie Weihnachten.

Abends dann die Diskussion über das Für und Wider, unseren Wein sofort zu verkosten. Die Geduldigen verwiesen auf die bisher erst kurze Zeitspanne der Reifung in der Flasche. Die Ungeduldigen verwiesen auf die Effektivität der beigemischten Hefe. Die Ungeduldigen führten ein gewichtiges Argument ins Feld: Es hatte verdächtig lange keine *Arama*, Durchsuchung, mehr gegeben. Im Falle einer *Arama* wäre der Wein weg, konfisziert. Die ganze Mühe umsonst und auch die Flaschen wären verloren. Die Ungeduldigen setzten sich durch.

Es schmeckte nach Hefe und Zucker, nicht nach Wein. Jedem von uns Sechsen standen ungefähr der Inhalt von eineinhalb der kleinen bauchigen Teegläser zu. Schon nach dem Konsum eines Glases fühlte ich mich bei meinem Gang zur Toilette leicht torkelig. Ich mochte diesen Zustand nicht. Was mich nicht daran hinderte, den mir noch zustehenden Anteil zu trinken.

Der Preis war der Kater dieses Morgens. Also langsames Gehen. Ohne Erschütterungen. Eher ein Schleichen. Von den Fenstern zur Tür. Umdrehen und bis zur Stirnseite. Dreißig vorsichtige Schritte. Nochmal zur Toilette und etwas Wasser ins Gesicht. Schon besser.

Das Brot wurde gebracht. Es kam Leben in den Koğuş. Der *Ayak-gee* nahm den Beutel mit den Broten entgegen und brachte ihn zu den Tischen. Dort würde sich jeder sein Brot abholen.

Danny erschien mit dem Spielbrett unter dem Arm, setzte sich an den Tisch und schickte sich an aufzubauen. Ich winkte ab.

„Sorry, ich fühl' mich heute Morgen nicht bereit für eine Partie." Ich zeigte auf meinen Kopf.

Danny grinste. „War der Wein so gut?"

„Eher so schlecht."

Die Eingangstür öffnete sich quietschend und ein mittelgroßer unbekannter Mann betrat den *Koğuş*. Er hatte unsere volle Aufmerksamkeit. Er trug in der rechten Hand eine Plastiktüte, links einen Schlafsack. Weißes, fleckiges Hemd, beige Hose. Drei-Tage-Bart, kurze, fettige, blonde Locken und unfassbar tief in den Höhlen liegende Augen. Er machte ein paar unsichere Schritte in den Raum hinein.

„Zehn zu eins, dass er ein Deutscher ist", raunte Danny, als wir aufstanden und ihm langsam entgegengingen. Ich brummte zustimmend. Wir standen im Halbkreis vor ihm. Also die Frühaufsteher unter uns.

Er nuschelte: „Peter aus Frankfurt" und sah an uns vorbei zu den Tischen und Bänken. Schon schlurfte er auch in die Richtung an uns vorbei, setzte sich hin und ließ seine Habseligkeiten fallen. Die Araber nahmen ihre morgendlichen Tätigkeiten wieder auf. Udo, Wolfgang, Danny und ich setzten uns zu Peter.

„Was ist passiert?", fing Wolfgang an.

„ Hassu mal 'ne Kippe?"

Wolfgang schob eine Packung Bafra und Streichhölzer in seine Richtung. Peter zündete mit zitternden Händen, nikotingelbe Finger, eine Zigarette an und zog gierig. Wir gaben ihm Zeit.

„Ich wollte eigentlich Opium kaufen und hab' nur Hasch bekommen." Er kicherte leicht irre und sah auf. „Und der Dealer war grad verduftet, da ham mich an der nächsten Straßenecke drei Bullen in Zivil verhaftet."

Er hustete und zündete sich die nächste Zigarette mit dem Stummel der vorherigen an. „Die brachten mich zur Wache und ham mich da gleich an einen Stuhl gekettet." Er kicherte wieder.

„Irgendein Idiot soll da neulich aus dem Fenster gesprungen sein."

„Der Idiot war ich", bemerkte ich leidenschaftslos.

Er kicherte wieder sein irres Kichern. „Na dann hast es ja überlebt."

Wolfgang beugte sich leicht vor. „Du bist ein Junkie auf Entzug, oder?"

„Kann man so sagen." Er zündete sich gleich die nächste Zigarette an. „Bisher hatte ich ja noch meine Pillen … Heut' morgen die letzte genommen. Wo kann ich mich hier denn ablegen?"

Udo war bereits unterwegs, um die Zimmer-Frage zu klären. Er kam mit Zeki zurück.

„Du kannst im dritten Zimmer bei Akki und Zeki einziehen. Komm mit."

Peter erhob sich leicht schwankend, griff Tüte, Schlafsack und folgte Udo. Die Tür des vierten Zimmers öffnete sich. Tarik und Cemal erschienen. Sie bemerkten den Neuankömmling und grüßten. Peter hielt jedoch den Kopf gesenkt und nahm sie nicht wahr. Beide setzten sich zu uns. Blickten uns fragend an.

„Junkie auf Entzug." Beide nickten verstehend.

Bei Tarik und Cemal ist mir nie wirklich klargeworden, ob sie ein homosexuelles Paar, knastschwul oder einfach nur beste Freunde waren. Es war mir auch egal. Ich hielt es mit dem berühmten Satz des Preußenkönigs Friedrich II: „ Ein jeder soll nach seiner Façon selig werden." Wahrhaft weise Worte.

„Ich biete euch ein Remis an." Danny sah uns fragend an. Wir saßen am Tisch des Gemeinschaftsraums und die Partie hatte bis hierhin bestimmt eine Stunde gedauert.

„Jetzt haben wir ihn", raunte mir Joe auf Deutsch zu.

Ich schüttelte den Kopf. „Wir sollten annehmen."

Es wäre das erste Unentschieden gegen Danny überhaupt. Gewonnen hatten wir gegen ihn sowieso noch nie. Bevor wir eine Entscheidung treffen konnten, wurden wir unterbrochen. Lautes Getrappel auf dem Gang. Schwere Stiefel im Laufschritt, die vor unserer Eingangstür kurz verstummten. Die Tür wurde geöffnet.

Irgendjemand rief: *Arama*. Eine Truppe *Jandarma* stürmte in unseren *Koğuş*. Gefolgt von einigen Drei-Streifen-Wärtern. Sie wurden von Max begrüßt, der groß und breit in seinem Zimmereingang stand. Aber ihnen stand nicht der Sinn nach Plaudern. Die Wärter schritten an der Wand entlang und öffneten eine Zimmertür nach der anderen. Dirigierten die *Jandarma* in die Zimmer. Erst dann machten sie kehrt, um bei Max Tee zu trinken.

Ein zerzauster Peter kam aus Zimmer drei. Blickte sichtlich verwirrt nach links und rechts, bevor er in Richtung Toilette schlurfte.

„Der verschollene Sohn. Den hab ich ja seit seiner Ankunft vor drei Tagen nicht mehr gesehen", kommentierte Danny.

„Vielleicht hat er durchgeschlafen", vermutete ich.

„Das war es dann wohl mit unserem Wein", seufzte Joe. Erst gestern hatten wir unseren zweiten Ansatz in die Flaschen gefüllt.

„Hoffentlich gibt es keine Probleme, falls sie meinen Reisepass finden", sagte ich. Erstaunte Blicke von beiden.

„Ja, Zeki fand sich ganz toll, als er mir den damals in meiner Zelle übergab. Ich habe ihnen erzählt, das wäre ein Bilderbuch – und dann sein typisches Zeki-Gekicher. Irgendwie ahnte ich schon nichts Gutes. Und muss mir deswegen jetzt Sorgen machen."

„Wo hast du den denn verstaut?", wollte Joe wissen.

„In einem Briefumschlag zwischen den Bildern von meiner Nichte."

„Wird schon gutgehen."

Danny hatte sich derweil auf unsere Seite des Tisches gesetzt, um auch den Blick auf den Raum zu haben. Etwa ein Dutzend *Jandarma* bevölkerten unseren Gemeinschaftsraum. Die anderen durchsuchten unsere Zimmer.

„He Jungs, seht ihr den Kerl dort, den Claudio?"

Claudio kam aus dem Tresenzimmer und bewegte sich in unsere Richtung auf die Ecke des Tresens zu. Er bewegte sich langsam. Breitbeinig wie ein Sumoringer. Gebückt. Den Kopf nach unten, um jeden Blickkontakt zu vermeiden. Zwischen seinen Beinen an den lang ausgestreckten Armen trug er eine große bauchige Weinflasche. Langsam, sehr langsam arbeitete er sich Schritt für Schritt bis zur Ecke des Tresens vor. Verharrte dort.

„Wo will der mit der Flasche hin?", fragte Joe.

„Zum Fernseher und die Flasche hinter das Tuch schieben", vermutete Danny.

„Aber wenn jetzt einer der *Jandarma* auf die Idee kommt, eine Zigarette zu rauchen und sich dabei vielleicht gegen den Tresen lehnt, ist der Weg versperrt."

Das war aber nicht der Fall, keiner rauchte. Sie waren im Dienst. Alle hatten die Köpfe oben, keiner blickte nach unten. Keiner bemerkte Claudio, der langsam wie in Zeitlupe Schritt für Schritt dem Fernsehgestell entgegenstrebte.

Jetzt wurde der Tresenraum überhaupt erst als Zimmer identifiziert. Kommandos gellten durch den Raum. Einige *Jandarmas* schickten sich an, Albinos Zimmer zu durchsuchen. Andere verließen Zimmer eins bis fünf, gesellten sich zu ihren Kameraden im Gemeinschaftsraum. Währenddessen war Claudio schon zwei Meter vor seinem Ziel. Mehr als ein Dutzend *Jandarma* bevölkerten den Raum und keiner von ihnen nahm Claudio wahr. Als ob er unsichtbar gewesen wäre.

„Kommt Jungs, wir unterstützen ihn etwas. Nebenbei, nehmt ihr das Remis an?"

Wir nickten und rutschten wie Danny auf der Bank Richtung Fenster, um dann aufzustehen und vor dem Tisch quer durch den Raum zu unserem Zimmer zwei zu gehen. Wir gingen bewusst langsam. Drehten uns um. Redeten. Scherzten und lachten. Wie von Danny vermutet zogen wir so die Blicke der *Jandarma* auf uns. Wir konnten sehen, wie Claudio die Flasche unbemerkt hinter dem Tuch des Fernsehgestells verschwinden ließ. Er ging direkt ein paar Meter nach rechts, stellte sich ans Fenster, drehte sich dann um und nickte leicht in unsere Richtung.

Udo saß auf seinem Bett und grinste uns breit an. „Habt ihr auch Claudios Auftritt beobachtet?"

Wir nickten.

„Der hat ja Nerven wie Drahtseile."

Ich schaute den kleinen Karton mit meinen Briefen durch. Mein Reisepass war noch an seinem Platz.

„Was ist mit unserem Wein?", wollte Joe wissen.

Udo zuckte mit den Schultern. „Hab ich grad' noch so in den Hof schütten können. So haben wir wenigstens noch die Flaschen."

Der Lärmpegel draußen sank wieder. Die *Jandarma* waren abmarschiert.

Am späten Nachmittag kam ich aus der Toilette und sah Claudio in der Küche gegenüber an der Spüle abwaschen. Ich ging zu ihm.

„Hi Claudio, das war ja ein echter Coup. Wo hast du gelernt, dich unsichtbar zu machen?" Claudio lachte.

„Weißt du, ich habe einen Onkel, der ist beim Zirkus aufgewachsen. Der hat mir schon früh kleine Tricks beigebracht. Jonglieren, die Kunst der Ablenkung und so kleine Taschenspielertricks. Als Kind konnte ich sogar auf den Händen gehen. Aber heute war es ja eine andere Story. Wichtig dabei war, konzentriert und gleichzeitig locker zu sein. Langsame, sehr langsame Bewegungen und ja keinen Augenkontakt, immer schön auf den Boden schauen. Trotzdem, ohne eure Ablenkung hätte ich es wohl nicht geschafft."

Ich sah ihn fragend an.

„Ich hatte ja noch ein paar Meter bis zu dem Versteck und meine Arme wurden immer länger. Und dieses gebückte Gehen ist so verdammt anstrengend. Meine Beinmuskeln schmerzten. Aus den Augenwinkeln sah ich euch aufstehen und schön langsam durch den Raum gehen. Ihr wart die perfekte Ablenkung, alle Soldaten sahen in eure Richtung. Dadurch konnte ich etwas schneller gehen und die schwere Flasche endlich loswerden."

Er grinste. „Das gibt ein Gläschen Wein zum Dank. Dauert aber noch ein paar Tage, bis der Wein soweit ist. Diese Woche kommen Albinos Eltern und bringen einen neuen Kassettenrekorder, das kann vielleicht eine richtige Party werden."

„Vergiss nicht, ein paar Mädels einzuladen."

Der Aufruf zur Zählung beendete unsere Unterhaltung.

Der SPIEGEL war unser Tor zur Welt. Ließ uns am Geschehen im deutschen Herbst 1980 teilhaben. Waren es in den vergangenen Jahren eher die Linksfaschisten der RAF gewesen, die für Schlagzeilen der politischen Gewalt sorgten, so schienen nun die Rechtsradikalen an der Reihe zu sein. Eine obskure „Deutsche Aktionsgruppe" legte Bomben in Asylbewerberheimen und auf dem Münchner Oktoberfest sorgte ein rechtsradikaler Einzeltäter mit einem Bombenanschlag für Tote. Der Hass auf Ausländer in der BRD schien zuzunehmen.

Bei den Bundestagswahlen im Oktober schienen sich die Jungwähler von den Volksparteien abzuwenden, um ihre Kreuze bei den Grünen zu machen. Es müssten nur noch ein paar mehr werden.

In den USA schickte sich ein ehemaliger Schauspieler an, bei der bevorstehenden Wahl in die Rolle des Präsidenten zu schlüpfen. Das passte. Vom B-Movie-Star zum mächtigsten Mann des Westens. Die Welt war ein Narrenhaus.

Auch über den hiesigen Militärputsch lasen wir ausführliche Berichte, die auch das generelle Problem der Türkei zu erklären versuchten. Kurz zusammengefasst wurde als einer der Hauptgründe angeführt, dass Kemal Atatürk, der Gründer der modernen Türkei, die Beziehung zur eigenen nationalen Vergangenheit komplett und abrupt gekappt hatte. Bis 1924 gab es auf dem Gebiet der heutigen Türkei das islamische Osmanische Reich. Atatürk ließ die Religionsschulen schließen und entmachtete die Kalifen. Er sorgte für die Trennung von Religion und Staat, führte die lateinische Schrift ein. Die arabische Schrift wurde verboten, galt sie doch als Sprache des Korans. Die moderne Türkei sollte sich nach Atatürks Wunsch an Europa orientieren. Letztlich hatte dieser Vorgang die Bevölkerung überfordert, den Menschen ihre Identität genommen, das Land gespalten und bis in die Gegenwart nicht zur Ruhe kommen lassen.

Im Herbst 1980 lag die Türkei wirtschaftlich am Boden. Die Arbeitslosenquote betrug etwa fünfundzwanzig Prozent. Die Auslandsschulden lagen bei zwölf Milliarden Dollar. Rechte und linke Terrorgruppen führten Krieg wahlweise gegeneinander oder auch gegen die staatlichen Institutionen. Dazu noch eine galoppierende Inflation. Schließlich der dritte Militärputsch innerhalb von zwanzig Jahren. Man ging von etwa zehntausend Verhaftungen aus. In den ersten vier Wochen. Anzahl der Todesurteile bisher noch unbekannt.

Und wir mittendrin. Was hätte eigentlich gegen einen Urlaub in Dänemark gesprochen?

Die Lesestunde wurde unterbrochen. Mick Jagger war zu Besuch im *Koğuş*.

I can't get no Satisfaction, schallte es unverzerrt sehr laut durch den Raum. Fast alle waren jetzt auf den Beinen. Die Musik kam aus Albinos Tresenzimmer. Max stand im Türrahmen von Zimmer eins, überdröhnte die Musik. „Machts mal eure Negermusik leiser!"

Gelächter. „Ja, Papa."

Albino regelte brav die Lautstärke etwas herunter. Ein echter Generationskonflikt.

You can't always get what you want lief deutlich leiser.

Albinos Eltern. Sie hatten ihren Sohn reich beschenkt. Einen so großen Kassettenrekorder hatte ich bislang noch nicht gesehen. Selbst der große Schinken, der auf einer Kiste daneben lag, wirkte dagegen zierlich.

„Das Teil klingt ja fantastisch", raunte Joe andächtig, „schicken dir deine Eltern auch so etwas?"

„Schön wär's." Ich hatte in meinem letzten Brief um einen Kassettenrekorder gebeten. Mein Vater handelte mit Unterhaltungselektronik. „Aber so groß wird es wohl nicht ausfallen."

Wir kehrten zur Lesestunde zurück.

„Gab es eigentlich schon immer so viele Kriege, so viel Terror?", fragte ich eher rein rhetorisch.

„Es gab nicht so viele Medien wie heute", schaltete Danny sich ein. „Wenn damals der Irak den Iran überfiel, hast du es in good old England nicht mitbekommen. Heute weiß es am nächsten Tag die ganze Welt."

Udo betrat das Zimmer mit der türkischen Tageszeitung in seiner Hand. „Wollt ihr mal etwas Lustiges hören? Also, natürlich nur lustig für uns, weniger lustig für die drei deutschen Studenten, die irgendwo im Süden verhaftet wurden."

„Und weswegen ?" „ Sie wollten eine Postkarte verschicken. Sie haben dem Atatürk auf der Briefmarke mit Kugelschreiber einen Fes aufgemalt."

„Netter Gag."

„Deswegen werden gleich drei Leute verhaftet?"

„Die müssen ja erst mal rausfinden, wer der Täter war."

„Der, bei dem sie den Kugelschreiber finden, ist der Schuldige."

„Es bleibt Raum für Spekulationen", meinte Udo.

„Hier noch was aus Hamburg. Ihr seid doch Fußball-Fans. Der Beckenbauer spielt jetzt für den HSV. Heute Abend zeigen sie im TV eine Zusammenfassung von seinem ersten Einsatz."

Wir standen abends vor dem Fernseher. Der HSV spielte in Stuttgart gegen den VFB. „Also, ich kann keinen Beckenbauer erkennen", stellte Joe fest.

Es war auf dem Schwarzweiß-Bildschirm schwierig, die Spieler zu identifizieren.

„Er soll erst zur zweiten Hälfte eingewechselt werden", übersetzte Udo.

Die Zusammenfassung war recht kurz. Zur Halbzeit stand es unentschieden. Zur zweiten Halbzeit schienen schon beide Mannschaften auf dem Platz zu stehen, nur der „Kaiser" verspätete sich. Trödelte allein aus dem Kabinentrakt.

„Der Reporter spricht von einem historischen Moment."

Jedoch konnte Beckenbauer dem Spiel keine Impulse geben, er blieb ein unauffälliger Mitläufer. Der HSV verlor das Spiel. Historische Momente hatte ich mir bislang anders vorgestellt.

Es war egal. Ein Bundesligaspiel in Deutschland, es schien Lichtjahre entfernt zu sein. Ein alternder Fußballstar wagt ein Comeback. Eine unwichtige Randnotiz für uns. Wir hatten existenziellere Probleme. Morgen sollte der dritte Verhandlungstag stattfinden. Wieder eine Vertagung oder endlich die Möglichkeit, unsere Aussage zu widerrufen?

„Also nochmals", fing Joe an, als wir später unsere Aussage durchgingen, „wir haben unser Hasch von einem Deutschen am Strand von Altinkum gekauft."

Ich fuhr fort. „Der wollte den nächsten Tag nach Deutschland abreisen und nichts davon mitnehmen."

„Der Deutsche hieß Michael, Nachname unbekannt."

„Ergin haben wir belastet, weil …"

„… er der einzige Türke war, den wir kannten."

„Und die Polizisten uns gedroht haben …"

„Und die Verständigung schlecht war."

„So richtig logisch klingt das alles nicht."

Joe beendete die Diskussion. „Mehr haben wir nicht anzubieten. Für ein Kreuzverhör wird der Fall zu klein sein. Ich übernehme das Vortragen."

Ich hatte trotzdem eine unruhige Nacht.

An jenem dritten Verhandlungstag wurden wir tatsächlich gefragt, ob wir etwas zu Protokoll geben möchten. Joe gab unsere Geschichte zum Besten. Dr. K. schaute ungläubig in unsere Richtung. Auch Ergin wurde die Gelegenheit gegeben, sein Geständnis zu widerrufen. Der Richter machte sich Notizen. Die Beisitzer gaben wie gewohnt die Gelangweilten. Dr. K. kam nach einem Zwiegespräch mit dem Richter auf uns zu und verkündete die Vertagung und den nächsten Termin, Ende Dezember.

Zurück in den Keller, anschließend wieder zusammengekettet in den Transporter. Nach der ersten Kurve gab es einen lauten Knall und das Fahrzeug rollte aus. Der Motor schwieg. Nur der Fahrer war zu hören. Er fluchte lautstark. Er stieg aus. Kam nach hinten und klopfte gegen die Tür. Die *Jandarma* öffneten.

Es wurde lautstark diskutiert. Der Fahrer verschwand aus unserem Sichtfeld.

„Ob wir jetzt zu Fuß gehen müssen?", fragte mich Joe.

„Nein, Motor kaputt. Anderes Auto kommt gleich", antwortete der ältere Herr von gegenüber. „Grüß Gott, ich bin Hasan. Ich habe einige Jahre in München gearbeitet. Woher kommt ihr? Und warum seid ihr hier?", fuhr er fort.

„*Merhaba* Hasan, wir kommen aus Hamburg, waren hier im Urlaub und hatten etwas Hasch dabei."

„Oh, das ist gar nicht gut. Das gibt lange Gefängnis", er schüttelte bedauernd den Kopf.

Als Nächstes hätten wir wahrscheinlich über Fußball gesprochen, aber die beiden *Jandarma* winkten uns aus dem Fahrzeug. Ein Ersatzfahrzeug stand mit geöffneten Hecktüren bereit. Wir sahen den Himmel. Den weiten bewölkten Himmel; ohne Gitterstäbe. Wir schnupperten einen Hauch von Freiheit. Es blieb uns noch ein kurzer Blick auf Passanten. Sahen Mütter mit Kindern. Junge Menschen, Gleichaltrige. Ältere Kaftanträger. Gestikulierende Händler. Neugierige Blicke trafen uns. Dann waren wir auch schon wieder eingestiegen. Die Türen schlossen sich. Der kurze Ausflug war beendet. Wir schlurften zurück über die Gefängnisgänge.

Unsere geänderte Aussage fühlte sich gut und richtig an. Es konnte den Verrat nicht ungeschehen machen, half aber von dem Berg meiner Schuldgefühle etwas abzutragen.

Es war ein guter Tag. Dazu noch der kurze Augenblick der Freiheit. Der ungewohnte Anblick so vieler Menschen, Frauen, Kinder.

Es kam noch besser. Zurück im Koğuş, lagen auf meinem Bett ein Päckchen von meiner Mutter sowie zwei Briefe von Klassenkameraden und unserem Englischlehrer. Die würde ich später lesen.

Das Päckchen war natürlich bei der Eingangskontrolle bereits geöffnet worden. Ich verglich die Packliste meiner Mutter mit dem Inhalt. Wollsocken, eine Dose Rindfleisch, Puddingpulver, Tütensuppen und Teebeutel. Alles drin, nichts geklaut.

Es passte nicht viel in so ein Päckchen, das nicht schwerer als ein Kilo sein durfte. Mehr als ein Kilo ging nicht als Luftfracht, und der See- oder Bahnweg dauerte ewig. Die Lebensmittel brachte ich in Max' Zimmer, dort stand unsere Vorratskiste.

Max hatte Besuch. Es waren eigentlich immer die gleichen Nasen. Der Nussknacker, die Silberlocke und das Hinkebein. Allesamt Drei-Streifen-Wärter. Sie saßen auf den kleinen Hockern, tranken Tee und rauchten Samsuns. Max thronte auf seinem Bett, ließ sein *Tesphi* um seinen Zeigefinger kreisen.

Lebhaft gestikulierend erzählte er irgendwelche Geschichten. Seine Augen blitzten. Es wurde viel gelacht. Udo saß auf Wolfgangs Bett und trank Tee. Ich setzte mich zu ihm.

„Was erzählt der ihnen?"

„Sei froh, dass du es nicht verstehst. Es ist überwiegend peinlich." „Wieso?"

„Er verarscht sie von vorn bis hinten. Stellt ihnen Deutschland als sexuelles Schlaraffenland dar. Wo sie mit fast jeder Frau Sex haben könnten."

„So eine Art Schulmädchenreport für Hinterwäldler?"

Udo grinste. „So in etwa."

Die drei Wärter hingen an Max' Lippen. Mit glänzenden Augen. Max hatte seinen Spaß.

„Es sind eigentlich immer die gleichen Geschichten. Nur mit kleinen Variationen. Und sie glauben es wahrscheinlich, weil sie es glauben wollen."

Unfassbar. Ich verließ die Märchenstunde.

„Mann, der Böllinghoff schreibt einen Scheiß."

Ich lag auf meinem Bett und las den Brief des Englischlehrers, der natürlich auf Englisch war. Joe gegenüber las den SPIEGEL. Er blickte auf.

„Was denn?"

„Zuerst so ganz allgemein, wie leid ihm das für uns tut und so weiter. Gegen Ende des Briefes serviert er dann von hinten durch die kalte Küche ein Drogenentzugs-Programm, notdürftig verpackt in Schulunterrichts-Stoff. Das ist echt eine Unverschämtheit, als wenn wir Junkies wären. Für so konservativ und spießig hätte ich den Typen nicht gehalten."

„Ja, das ist aber auch die typische Heuchelei in unserer Gesellschaft. Alkohol wird an jeder Ecke beworben und wenn du nicht mit trinkst, wirst du komisch angeguckt. Aber als Kiffer wirst du gleich kriminalisiert und landest eventuell sogar im Knast."

„Dabei ist es doch wirklich an der Zeit, zumindest die weichen Drogen zu legalisieren. Die Holländer schaffen das doch auch mit ihren Coffee-Shops. Und wenn du dir die Vorgärten in Holland anschaust, sind die dort auch nicht viel anders drauf als in Deutschland."

„Vielleicht gibt es ja irgendwann keine innereuropäischen Grenzen mehr. Zumindest in Westeuropa. Dann fährt man hin und wieder nach Amsterdam …"

Ich musste lachen. „Mein Vater würde an dieser Stelle sagen: ‚Da kannst du warten bis zur deutschen Wiedervereinigung.' Sprich; unwahrscheinlich bis nie."

Joe knurrte und wandte sich wieder seiner Lektüre zu. Ich griff mir den Brief meiner Klassenkameraden. Der war angenehmer zu lesen.

Wir hatten mittlerweile Ende November. Der Konsulatsbesuch kam und ging. Die Marlboros kamen und gingen. Mussten jetzt allerdings mit einem zusätzlichen Raucher geteilt werden. Peter hatte seinen Entzug überwunden, und man konnte sich ganz normal mit ihm unterhalten. Wenn man sich denn mit ihm unterhalten wollte.

In Deutschland würde jetzt vielleicht der erste Schnee fallen. Die Supermarktregale würden vollgestopft mit Weihnachtssüßigkeiten sein. Die Adventskalender in den Kinderzimmern an der Wand hängen. Die ersten Weihnachtsmärkte würden Glühwein ausschenken. Bei uns war die Weinsaison vorüber. Bei uns wurde aus kühl allmählich kalt und es begann zu regnen.

Eine Gruppe Arbeiter brachte Fenster vor den Gittern an. Anschließend installierten sie einen Ofen mit einem langen Abluftrohr. Der etwa hüfthohe Ofen wirkte lächerlich klein in unserem großen Gemeinschaftsraum. Aber er war mit einer Kochplatte ausgestattet. Joe, Wolfgang und ich standen vor dem Ofen.

„Perfekt zum Kochen von Apfelmus", erklärte uns Wolfgang.

„Womit befeuern wir das Teil?"

„Normal wird der *Ayak-gee* von den Wärtern gerufen, die haben hier irgendwo ein Lager. Da findet dann die tägliche Brikettausgabe statt. Ein wenig Holz gibt es dann zum Anfeuern auch immer dazu."

„Dieser kleine Ofen wird doch nicht unseren ganzen *Koğuş* erwärmen."

„Nö", griente Wolfgang, „hab' ich nicht schon mal erwähnt, dass es klamm werden wird? Aber zum Apfelmuskochen ist er perfekt."

Ich sah mir das Fenster in unserem Zimmer genauer an. Wie befürchtet, handelte es sich um Einfachverglasung. Diese Fenster würden maximal den Regen abhalten, nicht aber der Kälte trotzen.

Wenige Tage später kam Zeki in den *Koğuş* gelaufen. Er wedelte wild mit den Armen, schien völlig aufgelöst.

„Schlechte Nachrichten Leute, schlechte Nachrichten."

Er hatte unsere volle Aufmerksamkeit. Auch die Langschläfer waren schon auf den Beinen. Max lehnte am Türrahmen von seinem Zimmer und spielte mit seinem *Tesphi*.

„Ein Verrückter hat John Lennon ermordet. Mitten in New York. Auf offener Straße. Einfach so." Er imitierte mit seiner Hand eine Pistole. „ Mehrere Schüsse in den Rücken."

Er schnaufte durch. Waren da Tränen in seinen Augen? „Ein Irrer hat John Lennon erschossen." Er schüttelte den Kopf. „Das größte Musikgenie des Jahrhunderts. Warum nur?"

Die Menge zerstreute sich. Einigen war es egal. Andere ließen sichtlich die Köpfe hängen. Joe und ich saßen in unserem Zimmer und diskutierten über die amerikanischen Waffengesetze, als Danny den Raum betrat. Er griff nach seiner Gitarre.

„Kommt Jungs. Wir werden dem alten John zu Ehren eine kleine Zeremonie abhalten."

Er setzte sich im Gemeinschaftsraum neben Albino auf eine Bank. Albino führte Regie. Er hatte ebenfalls seine Gitarre zur Hand.

„Heute wurde einer der bedeutendsten Musiker unserer Generation ermordet. Nie wieder dürfen wir uns an seiner genialen Kreativität erfreuen. Aber wir werden sein musikalisches Vermächtnis in Ehren halten. Ruhe in Frieden, John."

Er räusperte sich. „Claudio, *prego*."

Claudio bediente den Kassettenrekorder in dem Tresenraum. Klaviermusik ertönte. Imagine. Es wurde andächtig still.

Anschließend spielten Albino und Danny zusammen Yesterday. Albino sang. Er hatte eine gute Stimme und war textsicher. Vom Band folgte dann Jealous Guy, bevor die Gitarristen Let it be intonierten. Den Abschluss bildete George Harrisons My Sweet Lord vom Band. Alles wunderbare Stücke zum Mitheulen. Die Einladung wurde auch von einigen angenommen.

Es war seltsam. In diesem Moment hätte ich nirgendwo anders auf dieser Welt sein wollen als hier. Aber der Augenblick verging. Ich konnte ihn nicht festhalten. Ich bemerkte mein tränennasses Gesicht. Die Trauerrunde löste sich auf.

Dreißig Schritte, umdrehen und dreißig Schritte zurück zur Eingangstür. Der *Ayak-gee* schnarchte noch auf seiner Matratze in der Küche. Es war früh am Morgen. Sehr früh. Die Zeit des Morgengrauens. So ging ich einsam meine Bahnen und grübelte vor mich hin. Ich war noch immer beeindruckt von dem gestrigen Tag. Genauer, von der Trauerrunde.

Dieses kurze Gefühl des Glücks. War das die Freiheit im Kopf? Wenn dem so war, dann konnten wohl nur wahrhaft Erleuchtete diesen Zustand halten. Zu denen gehörte ich mit Sicherheit nicht.

Ich passierte den Ofen, für den wir noch kein Brennmaterial hatten, und sah Danny am Tisch sitzen, die Figuren bereits zum Spiel aufgebaut. Ich nahm ihm gegenüber Platz und eröffnete schweigend mit weiß.

Nach ein paar Zügen sagte er unvermittelt: „Mein Vater lebt im Grunde auch im Gefängnis."

„Versuch nicht mich abzulenken."

„Nein, tatsächlich wohnt er in Ost-Berlin."

Das war mir neu. „Verdammt Danny, entweder lässt du jetzt die Katze aus dem Sack. Oder du hältst die Klappe und spielst weiter. Aber wirf mir nicht zwischen zwei Zügen rätselhafte Sätze zu."

Wir spielten schweigend weiter. Meine Konzentration war jedoch vergangen. Nach wenigen Zügen war ich matt.

„Okay. Also dein Vater lebt in der DDR? Bitte von Anfang an."

„Mein Vater wurde 1909 in Böhmen geboren. Er ist Jude von Geburt. Kommunist aus Überzeugung und Schriftsteller von Beruf."

„Wie heißt dein Vater?"

„Jan Koplowitz."

„Noch nie gehört. Aber wieso heißt du De Souza?"

„Ich trage den Nachnamen meines Stiefvaters. Mein leiblicher Vater arbeitete in den dreißiger Jahren in Breslau als Journalist und flüchtete rechtzeitig vor den Nazis nach England."

„Wo er dann auf deine spätere Mutter traf?"

„Genau, ebenfalls eine Emigrantin. Sie heirateten, meine Schwestern und ich wurden geboren, und als der Krieg vorbei war, und die Ehe zerbrach, zog es meinen Vater wieder nach Deutschland zurück."

„Und als überzeugter Kommunist zog es ihn in den Ostteil des Landes?"

„Genau so. Ob er noch immer so ein überzeugter Kommunist ist, bezweifle ich. Aber als nicht ganz unbedeutender Schriftsteller ist er in dem Staat privilegiert. Privilegien erleichtern das Leben. Besonders in einer Diktatur. Er konnte mir wegen der Zensur natürlich keine ehrlichen Briefe schreiben. Gestern habe ich den ersten ehrlichen Brief meines Lebens von ihm erhalten. Abgestempelt in Frankfurt am Main."

„Dann darf er also das Land verlassen?"

„Das weiß ich nicht wirklich. Der Brief wurde von einem Freund meines Vaters nach West-Deutschland geschmuggelt. Er schreibt mir, wie sehr er darunter leidet, mir so wenig helfen zu können."

„Ekmek, Ekmek." Mit einem Schwung beförderte der *Ayak-gee* den großen Beutel auf den Tisch. Danny räumte die Figuren in die Pappschachtel.

Die Tage schlichen dahin. Die lange versprochene Haschlieferung ließ auf sich warten. Die Erleuchtung sowieso. Die Stromausfälle häuften sich. Die Streitereien innerhalb unserer Araberfraktion häuften sich auch. Oder waren in unserem neuen Koğuş sichtbarer.

Wir bekamen Briketts zum Heizen und die Apfelmus-Saison war somit eröffnet. Unsere Nachfragen, das *Hamam* zu besuchen, wurden wiederholt abschlägig beschieden, *Yarin.* Durch Zeki erfuhren wir, dass aufgrund von Problemen mit der Energieversorgung kein heißes Wasser zur Verfügung stand.

Der Frisör kam und wir ließen uns die Haare schneiden. Der Fotograf kam und wir ließen uns fotografieren.

Dann kam Oskar und seine Tat verstörte uns alle. Jeden von uns. Bis auf Max waren wir ja alle wegen Haschvergehen eingesperrt. Ein Verbrechen, das in jedem Staat, jeder Kultur anders eingeordnet und bestraft wird. In manchen Ländern war es sogar legal, in anderen in der Grauzone. Manchmal wurde es wenig, manchmal sehr hart bestraft. Wie hier in der Türkei.

Oskars Tat hingegen war in jeder Gesellschaft seit alters her ein Verbrechen. Von den schweren psychischen Folgen für die Opfer mal ganz abgesehen.

Udo kam direkt auf den Punkt. „Sag mal Oskar, in der Zeitung steht, du hast deine älteste Tochter mit einem Schraubenzieher entjungfert?"

Wer fragt, muss bereit sein, mit den Antworten zu leben.

„Nein, nein, nicht wie ihr denkt." Oskar hob beschwichtigend die Hände. „Ich habe den Griff etwas eingeölt und dann ganz vorsichtig..."

„Stopp, stopp, stopp!", so genau wollten wir es gar nicht wissen. Zu spät. Der Film lief bereits im Kopf. Ich konnte es mir vorstellen. Ich wollte es mir nicht   vorstellen, wie dieser alte Mann, kurze Beine, Bierbauch, nach hinten gekämmte fettige, weizenblonde Resthaare, das Gesicht umrahmt mit langen Koteletten, den öligen Schraubenzieher in der Hand...

Etwas später saßen wir mit ihm am Tisch. Schenkten ihm ein Glas Tee ein und hörten uns seine Geschichte an.

„Ich bin ja ein Wolga-Deutscher."

Als Jugendlicher war er mit seinen Eltern in den letzten Kriegsmonaten 1945 vor der anrückenden russischen Armee nach Westen geflüchtet. Immer schon habe er auf dem Bau gearbeitet. Maurer sei er gewesen. Mitte der sechziger Jahre dann geheiratet und Vater von vier Kindern geworden. Seine Frau sei vor zwei Jahren verstorben.

Da die türkischen Kollegen auf dem Bau immer so von der Türkei geschwärmt hatten, sei er auf die Idee gekommen, hierher auszuwandern. Eine Arbeit hatten die Kollegen ihm auch vermittelt. Nur eine neue Frau habe er hier nicht gefunden.

Seine älteren Töchter hätten immer gesagt: „Papa, du brauchst doch keine Frau, du hast doch uns." In welchem Zusammenhang auch immer dieser Satz gefallen sein mag, und er wiederholte ihn oft, es war sein Einstieg. Sein moralisches Schutzschild. Er dengelte sich daraus seine sexuelle Einladung. Ist die erste Schwelle erst mal überschritten, so ist es zum Gewohnheitsrecht nicht mehr weit.

Als die vierzehnjährige Susi nicht mehr mitspielen wollte und Oskar kurz davor war, sich über die zwölfjährige Sabine herzumachen, gingen seine Töchter in ihrer Not zur Polizei. Und nun saßen wir hier mit ihm zusammen.

Es war nicht so, dass er brutal oder gar sadistisch wirkte. Eher einfältig, von niedriger Intelligenz, gepaart mit einer gewissen Bauernschläue. Ein Mann, ein Familienvater, der das Tier im Manne nicht gezügelt bekam und durch seine Übergriffe seine Kinder nicht nur psychisch beschädigt, sondern auch noch zu Waisen gemacht hatte. Noch dazu in einem fremden Land fern der Heimat. Nun saß er hier mit uns im Gefängnis und seine Kinder vermutlich im Waisenhaus.

Ich saß auf meinem Bett und schrieb einen Brief an meine Eltern. Einen Schickt- bitte-dies-schickt-bitte-das-Brief. Eingebettet in kleine Geschichten über den Gefängnisalltag und ein paar Worte über mein persönliches Befinden. Jeder Brief an meine Eltern war im Grunde auch eine Bestellung.

Nervig, aber nicht zu ändern. Es wurde nachts schon ziemlich kalt und der Winter fing erst an. Ich benötigte einen wintertauglichen Schlafsack.

Zeki unterbrach meine Formulierungen.

„Ronnie, du hast Besuch. Ich muss zum Doc und ein neues Rezept holen. Wir können zusammen gehen."

Ich hätte den Weg zum Besucherraum inzwischen auch allein gefunden, war aber doch ganz froh über Zekis Gesellschaft. Wer sollte mich besuchen. Der Anwalt? Auf den hatte ich nun wirklich keinen Bock. Bliebe noch der Bekannte meines Vaters. Der mit dem Reisebüro.

„Hallo Herr Ronnie, wie geht es Ihnen. Ich bin Osman vom Reisebüro." Ein mittelgroßer, glattrasierter Mann begrüßte mich im Besucherraum.

„*Merhaba* Osman. *Nasilsin?*"

Er gab mir lachend seine Hand. „Bravo, Sie sprechen ja schon fließend Türkisch."

„Schlüsselworte sind hier allerdings *yasak*, verboten und *yarin*, morgen."

Osman machte einen offenen und sympathischen Eindruck.

„Das kann ich mir vorstellen."

Wir saßen uns am Tisch gegenüber.

„Erstmal viele liebe Grüße von ihrer gesamten Familie. Ihr Vater ist ein sehr netter Mann. Er macht sich große Sorgen. Ich bin jetzt als Paketbote hier." Er deutete auf einen Karton. Ich war etwas verwundert.

„Man hat Ihnen gestattet, mir etwas mitzubringen? Ich dachte, das dürfen nur Verwandte."

Er lächelte verschmitzt. „Ich kenne zufällig den Gefängnis-Staatsanwalt. Unsere Familien sind befreundet. Nach der Schilderung Ihres Gesundheitszustandes hat er einer Ausnahme zugestimmt."

Ich blickte ihn fragend an. „Gesundheitszustand?"

Er nickte ernst. „Ja, Sie benötigen doch diese Salbe für Ihre Rückenschmerzen, die sie seit Ihrem Sturz plagen."

„Ach ja, natürlich."

„Und dann sind noch ein paar andere Kleinigkeiten mitgeschickt worden." Er reichte mir einen kleinen Zettel. Ich erkannte die Handschrift meiner Mutter.

„Das soll jetzt nur eine kurze Übergabe sein. Ich bin noch ein paar Tage hier in Izmir. Vielleicht wohne ich auch dem nächsten Gerichtstermin bei. Der findet, soweit ich weiß, in drei Tagen statt."

„Ja genau. Sie sind gut informiert. Kennen Sie zufällig auch unseren Anwalt, diesen Dr. K.?"

„Nur vom Namen her. Aber machen Sie sich um den Anwalt keine Gedanken. Hier in der Türkei spielen die Anwälte keine so wichtige Rolle wie zum Beispiel in Deutschland. Hier ist der Richter der entscheidende Mann."

Osman blickte auf seine Uhr und erhob sich. „Also, wir sehen uns. Bis dahin alles Gute."

Auf dem Weg zum Ausgang drehte er sich nochmal um.

„Der Kartoninhalt ist schon überprüft worden. Alles *tamam*, in Ordnung."

„*Çok saul*, vielen Dank."

Auf dem Gang wartete Zeki bereits auf mich. Gemeinsam machten wir uns auf den Rückweg.

„Ich wusste gar nicht, dass du jetzt Ludis nimmst."

Er produzierte das für ihn typische abwehrende Zungen-Schnalzen-Kopf- Anheben.

„Nein, nein, nur das Rezept läuft auf meinen Namen. Die Pillen gehen gegen eine kleine Schutzgebühr an Albino. Was hast du Schönes in dem Karton?"

„Ach, ein Bekannter meines Vaters hat ein paar Kleinigkeiten gebracht. Ich habe noch nicht reingeschaut", antwortete ich leichthin.

Zeki nickte anerkennend.

Zurück in unserem Zimmer kam dann der spannende Moment des Auspackens. Lange Unterhose aus Wolle. Ein Buch: Die unendliche Geschichte von Michael Ende. Die Salbe, ein paar Musikkassetten und ein Abspielgerät. Ein kleines, rechteckiges Gerät mit einem Lautsprecher, dann der Kassettenschacht, davor die Tasten für Start, Stopp und Pause. Dort ließ sich ein Kunststoffgriff herausziehen. Prima. Wir befestigten ein Band an dem Griff und konnten so das Gerät an einem Nagel in der Wand aufhängen. Netzstecker in die Steckdose. Die erste Kassette, Startknopf gedrückt und schon ertönte Kevin Coyne. Inbrünstig. Leidenschaftlich, mit viel Pathos sang er:

„*The world is full of fools*", aber nicht urteilend, belehrend, denn: „*but that doesn't make them bad people.*" Eine Weltanschauung verpackt in zwei Zeilen. Wundervoll!

Joe und ich saßen auf unseren Betten und lauschten der Musik. Am Ende der Kassette klickte die mechanische Play-Taste in ihre neutrale Position.

„Bist du eigentlich enttäuscht, dass dir deine Eltern so eine Murmelkiste geschickt haben und nicht so ein Teil, wie Albino es bekommen hat?" Joe musterte mich prüfend.

„Nein, überhaupt nicht. Wenn ich hier im Knast schon etwas verinnerlicht habe, dann, dass ich mich an den kleinen Dingen des Lebens erfreuen kann."

Joe nickte. „Dann sind wir ja einer Meinung."

„Mein Gerät ist ja praktisch der minimalistische Gegenentwurf zu Albinos HiFi- Koffer. Und wie hat dieser dänische Philosoph Kierkegaard so schön gesagt: ‚Das Vergleichen ist das Ende des Glücks und der Anfang der Unzufriedenheit.'"

Der nächste Tag brachte uns die neuesten Nachrichten der vergangenen Wochen. Per SPIEGEL. Demnach wurde die BRD von Asylanten schier überflutet. Hunderttausend Flüchtlinge kamen in den ersten zehn Monaten 1980. Doppelt so viele wie im gesamten Jahr zuvor. Die Unterbringungsmöglichkeiten wurden knapp. Von menschenunwürdigen Zuständen war die Rede. Bund und Länder schoben sich die Verantwortung dafür gegenseitig zu.

Frankreich erlebte eine brutale antisemitische Welle mit Attentaten gegen jüdische Einrichtungen und Drohungen gegen jüdische Bürger. In Polen begehrten die Gewerkschaften gegen die Obrigkeit auf. Moskau war besorgt und drohte mit Bruderhilfe. Am persischen Golf bekriegten sich weiterhin Irak und Iran. Die Welt war ein Pulverfass.

Millionäre hingegen konnten aufatmen. Das neue Rolls-Royce-Modell verfügte über eine hydropneumatisch versenkbare

Kühlerfigur, die sich so der vorsätzlichen Entwendung durch Unbefugte entzog.

Wer von alledem nichts mehr hören wollte, dem bot die Firma SONY jetzt eine perfekte Lösung. Mittels zierlicher Kopfhörer, per Kabel verbunden mit einem kompakten Abspielgerät, welches am Gürtel getragen wurde, konnte der Konsument praktisch überall seine Lieblingsmusik in HiFi-Qualität hören. Das Gerät nannte sich Walkman.

Der vierte Verhandlungstag begann wie gewohnt. Der gleiche Verhandlungssaal. Das gleiche Personal. Die Besucherreihe war auch diesmal leer. Osman war nicht gekommen. Ich sah zum Fenster, dunkler Himmel, Regen prasselte gegen die Scheiben.

Gegenüber öffnete sich die Tür und Kommissar Murat und seine Gehilfen betraten den Raum. Ich erstarrte. Wie konnte das sein? Hatte Zeki nicht gesagt, das wäre hier in der Türkei nicht üblich, dass die Polizei vor Gericht erscheint? Die Antwort knurrte Wolfgang in meinem Kopf. „Der Zeki ist eben auch nur ein Vielschwätzer." Wie konnte ich nur so naiv sein.

Ich blickte zu Ergin. Er senkte schmerzverzerrt seinen Kopf. Seine Peiniger. Sie setzen sich auf eine Bankreihe vor uns.

Joe beugte sich zu mir, flüsterte: „Wir bleiben auf jeden Fall bei unserer geänderten Aussage."

Ich nickte, fühlte mich wie gelähmt, meine Gedanken rasten. Würde es jetzt doch ein Kreuzverhör geben, Aussagen unter Eid? In der Sitzreihe vor mir sah ich Murat aufstehen und anscheinend auf eine Frage des Richters antworten. Es wurde jedoch nichts übersetzt. So waren wir zwar angeklagt, aber doch abgekoppelt. Ausgeliefert, einmal mehr. Murat setzte sich wieder hin. Der Richter sprach mit dem Dolmetscher. Gab es jetzt vielleicht eine Aufklärung über das Geschehen hier? Was lief hier ab, was wurde zu Protokoll gegeben? Keine Erklärungen. Stattdessen wandte sich der Dolmetscher in unsere Richtung und sah mich an.

„Der Vorsitzende Richter möchte wissen, warum Sie aus dem Fenster gesprungen sind."

Ich hatte mit allen möglichen Fragen gerechnet. Diese war die unwahrscheinlichste von allen. Sie passte überhaupt nicht zur Situation. Aber ich hatte irgendwann schon mal über die Möglichkeit, dass mich jemand von offizieller Seite fragen würde, nachgedacht. Und war zu einer Antwort gekommen, die dem Kulturkreis gerecht werden könnte.

Ich stand also auf und sah den Richter an. „Die Schande wäre für meine Familie zu groß gewesen."

Der Dolmetscher übersetzte. Der Richter nickte. Ich nahm wieder Platz.

Kurz darauf stand unser Anwalt vor dem Richter im Gespräch. Kam danach auf uns zu. „Die Sitzung ist vertagt. Die nächste Verhandlung ist Ende Januar. Dann wird das Urteil gesprochen werden." Und schon drehte er sich wieder um und ging.

Alle standen auf. Murat drehte sich um und schenkte uns einen grimmigen Blick. Passierte das alles gerade wirklich? Mein Gehirn suchte nach Logik, Mustern, Antworten, Erklärungen zu diesem kafkaesken Schauspiel. Vergeblich, wir waren gefangen in einem Spiel, dessen Regeln wir nicht verstanden.

Zurück im *Koğuş* wurde Zeki zur Zielscheibe meiner aufgestauten Frustrationen. „Zeki, du bist ein verdammter Lügner." Er saß hinten am Tisch im Gespräch mit Usama und wusste natürlich nicht worum es ging.

„Hey, mal langsam Ronnie, was ist passiert?"

Ich imitierte seinen Satz mitsamt seiner arroganten Zungen-schnalzmimik.

„ ...ist hier in der Türkei nicht üblich, dass die Polizisten vor Gericht erscheinen!" Ich schnaubte.

„Und wer taucht heute vor Gericht auf? Unser Verhaftungstrio – die wir in der vorangegangenen Verhandlung als Lügner dargestellt hatten."

Zeki sah mich treuherzig an. „Ich habe nie behauptet, dass Polizisten nicht vor Gericht aussagen würden. Ich schwöre bei Allah."

Nun sah ich endgültig rot.

„Ich scheiß auf deinen Allah", keifte ich.

Er sprang auf. Seine Hände legten sich um meinen Hals, und er brüllte mich an: „Sag – nichts – gegen – Allah – du Gotteslästerer!!"

Usama und Joe trennten uns, bevor es zu Handgreiflichkeiten kam. Ich drehte mich sofort um und ging ins Zimmer, warf mich auf mein Bett, versuchte tief durchzuatmen. Joe war mir gefolgt. Er schloss die Tür und setzte sich mir gegenüber auf sein Bett.

„So kannst du doch nicht mit ihm reden."

Meine Streitlust loderte wieder auf. „Erzähl du mir nicht, wie ich mit wem reden soll."

Ich wurde laut und ungerecht. „Wegen dir sitzen wir hier in diesem Drecksloch. Du Torfnase hast das Dope verloren. Schon vergessen?" Ich drehte mich zur Wand und griff mir mein Buch. Für heute hatte ich von der Realität genug. Ich flüchtete in die Fantasie-Welt der „Unendlichen Geschichte".

Streiten gehörte zum Leben. Überall. Der Unterschied bei uns: Man konnte keinem in seiner Wut entgegenschleudern: „Geh mir aus den Augen, ich will dich nie wieder sehen", umdrehen und gehen. Übrigens eines meiner bevorzugten Streitergebnisse. Hier waren Streitereien ein emotionaler Ausbruch in einem eher emotionslosen Alltag.

Auch die Versöhnungen liefen anders. Keiner nahm den anderen hinterher in den Arm, so, jetzt haben wir uns wieder lieb. Schließlich waren wir keine durch Blut verbundene echte Familie, sondern eine zusammengewürfelte Schicksalsgemeinschaft aus verschiedenen Kulturen. Vielleicht war es das Vorbild, das die Araber uns gaben. Ein kurzer emotionaler Ausbruch, dem ebenso schnell eine Rückkehr zum Alltag folgte. Die Frustration wurde wieder gedeckelt bis zum nächsten Ausbruch. Die Versöhnung, der Frieden, meist nonverbal ausgedrückt durch Blicke, kurzes Nicken oder eine kleine Geste.

Kurze Zeit später erschien Zeki in unserem Zimmer. Er schloss die Tür, drehte sich uns zu und streckte triumphierend grinsend einen üppig dimensionierten Joint wie eine Fackel in die Höhe.

„He Jungs, Weihnachten naht. Hier ist schon mal ein Vorgeschmack!" Er setzte sich auf mein Bett und reichte mir den Joint zum Anrauchen.

Joe setzte sich auf. „He Zeki, ist das ein Solo-Joint oder haben wir jetzt endlich die Lieferung bekommen?"

Zeki nickte. „Udo und Albino teilen es gerade auf."

Fast andächtig zündete ich das Teil an, zog und reichte es Zeki. Der zeigte auf Joe. „Ist euer Ding. Erzählt doch mal von eurer heutigen Verhandlung. Was haben die Polizisten ausgesagt?"

Ich zuckte mit den Schultern. „Es wurde nichts übersetzt. Wir wissen nichts, sind nur Zaungäste, die dumm gehalten werden."

„Konnte der Ergin da nicht weiterhelfen?"

„Der spricht außer Hallo und auf Wiedersehen auch kein Deutsch. Und heute war sein Dolmetscher nicht dabei."

„Im Grunde spielt das alles keine Rolle. Glaubt mir, das Urteil liegt bereits fertig geschrieben in der Schublade."

„Ende Januar ist der nächste Termin. Dann soll das Urteil verkündet werden."

„Ihr habt ja wenig zu befürchten. Wenn ich da an meine Urteilsverkündung

denke..." Er schüttelte den Kopf. Wir blickten ihn fragend an.

„Cemal und ich wussten nicht, was auf uns zukam. Das Urteil hat mich im wahrsten Sinne des Wortes von den Beinen gerissen. Ich war gelähmt."

„Wie, du warst gelähmt?"

„Ich wachte am nächsten Morgen auf, und meine Beine waren gelähmt. Ich konnte sie nicht mehr bewegen, spürte sie nicht mehr."

„Und wie lange hielt das an?"

„Ich weiß es nicht wirklich. Für mich war es wie ein unendlich langer Albtraum. Ich hatte jegliches Gefühl für die Zeit verloren. Cemal erzählte mir hinterher, dass es nur ein paar Tage waren."

„Dann konntest du plötzlich wieder aufstehen und gehen?"

„Ja, hört sich jetzt seltsam an. Aber es war ja eine psychische Blockade. Ich glaube, als ich mein Schicksal annahm und akzeptierte, dass ich eine sehr lange Zeit im Gefängnis verbringen würde, funktionierte mein Körper langsam wieder, und das Gefühl kehrte in meine Beine zurück."

Die Tür öffnete sich und Udo trat ein. „He Leute, gleich ist Zählung und ihr seid hier noch am Kiffen. Das ist nicht gut."

Ich reichte ihm den Joint für einen letzten Zug. Er schüttelte den Kopf. „Den darfst du selbst entsorgen."

Was ich auch tat.

Ich war wieder im Gerichtssaal. Der rechte Beisitzer kaute mit stoischer Miene an seinem Bleistift. Der linke Beisitzer blätterte in seinen Akten. Der Richter sah mich streng an.

„Warum sind Sie aus dem Fenster gesprungen?"

„Ich wollte davonfliegen."

Der Richter schüttelte den Kopf, und mich durchzuckte unmittelbar ein undefinierbarer Schmerz.

„Warum sind Sie aus dem Fenster gesprungen?"

„Ich wollte nicht in das Scheiß-Gefängnis."

Der Richter schüttelte wieder den Kopf, und mich traf wieder dieser Schmerz. Tränen traten mir in die Augen als der Richter mich das dritte Mal fragte.

„Warum sind Sie aus dem Fenster gesprungen?"

Was war nur die richtige Antwort? Hilflos schaute ich mich um. Joe schüttelte den Kopf und schrie: „Gib es doch endlich zu, Ronnie."

Ich schaute wieder nach vorn. Der rechte Beisitzer hatte seinen Bleistift schon fast aufgegessen. Der linke Beisitzer las mit hochrotem Kopf seine Akten. Als er sie etwas anhob, um seine rechte Hand unter dem Tisch verschwinden zu lassen, sah ich, dass er den PLAYBOY las. Der Richter hob ungeduldig die Augenbrauen. Ich antwortete stockend: „Ich wollte mich der Verantwortung entziehen."

Diesmal kein Schmerz. Der Richter nickte und schlug mit seinem Hammer auf den Tisch. Daraufhin öffnete sich die vertäfelte Eingangstür auf der rechten Seite und herein schwebte eine mannshohe Schachfigur. Der schwarze König mit der türkischen Nationalflagge oben auf seinem Kreuz und einem mächtigen Schnauzbart. Wie konnte das sein? Der König zündete sich eine Zigarette an. Das aufflammende Streichholz verfehlte seinen Schnauzbart nur knapp. Es war keine Schachfigur. Es war Kommissar Murat. Seine Gehilfen betraten hinter ihm den Saal. Zwischen ihnen: Zeki. Sie stützten ihn, sein Beine schleiften kraftlos hinter ihm über den Boden. Sie richteten ihn auf. Zekis Gesicht vor Schmerz verzerrt. Sie schoben ihm links und rechts je eine Krücke unter die Achseln. Mühsam schleppte er sich zum Richtertisch.

„Euer Ehren, ich bitte um mildernde Umstände. Ich bin doch nur ein armer Student, und die Handlanger", er deutete mit einer Krücke auf die Polizisten, „haben mich fürchterlich verprügelt."

Der Richter schüttelte den Kopf. Zekis Gesichtsausdruck veränderte sich schlagartig. Aggressiv und aufrecht stand er da. Die Krücken waren jetzt Maschinengewehre im Anschlag. Das Mündungsfeuer blitzte vor mir auf und ich erwachte.

Ich öffnete langsam meine Augen. Mondlicht schien auf meinen Schlafsack. Was für ein Traum! Ein Traum der Erkenntnis? Ich hatte einen schlechten Geschmack im Mund. Schlimmer noch, ich musste pinkeln. Also raus in die Kälte. Ich angelte meine Brille aus dem an der Wand hängenden Baumwollbeutel und richtete mich mühsam auf. Danny knirschte mit den Zähnen, Udo schnarchte. Ich schlüpfte in meine Schuhe und machte mich auf den Weg.

„Warum sind Sie aus dem Fenster gesprungen?" Der Satz echote in meinem Kopf. Schon klar, um mich der Verantwortung zu entziehen. Aber steckte nicht viel mehr dahinter? ICH lasse mich nicht einsperren. Von niemandem. Mich selbst zu wichtig genommen? Sicherlich auch das. Was glaubte ich alles zu verlieren? Mich geschämt, jemanden verraten zu haben? Dass ich letztlich nicht dem entsprach, der ich sein wollte? Viele Puzzleteile und doch kein komplettes Bild. Und wie hatte ich mich innerhalb von so kurzer Zeit dazu gebracht, den Sprung zu vollziehen? Das erschien mir im Nachhinein am rätselhaftesten. In der Rückschau erschien mir mein Selbstmordversuch immer unverständlicher.

Dann der Vergleich mit den Lebenslänglichen unter meinen Mitgefangenen. Wie war das noch? Der Vergleich zerstört das Glück. War es hier nicht genau umgekehrt? Vermutlich existierte irgendwo noch etwas Kleingedrucktes, in dem darauf hingewiesen wurde, dass der Sinnspruch nur für die Individuen im untersten Bereich der Pyramide galt.

So lief mein Gedankenkarussell auf Hochtouren, auch als ich längst wieder im Schlafsack lag. Ich war bereit gewesen, mein Leben wegzuwerfen, weil ich mich meinem Schicksal nicht beugen wollte. Und hatte das unfassbare Glück gehabt, einigermaßen unversehrt zu überleben. Glück im Unglück.

Wir danken dir, dass du uns das Leid geschickt hast, denn es hat uns die Demut gelehrt. Wer hatte das gesagt? Ich wusste es nicht, verstand aber jetzt den Sinn des Satzes. So wälzte ich mich hin und her, gefangen in dem Strom, in der Flut der Gedanken, unfähig Ruhe zu finden.

Zwei Tage später dann Heiligabend. Mein erster außerhalb des elterlichen Wohnzimmers. Nicht dass ich auf diese Familienzusammenkünfte, das gemeinsame Frönen des Konsumrausches und die Völlerei zusammen mit Eltern, Großeltern und Geschwistern großen Wert gelegt hätte. Aber bei manchen Traditionen weiß man erst, was man an ihnen hatte, wenn man sie nicht mehr hat. Besonders wenn man hinter Gittern sitzt.

Aber auch wir hatten einen sehr netten Abend. Es gab Milchreis mit Apfelmus. Ein wirklich köstliches Mahl. Anschließend gingen wir Fünf – Udo, Akki, Wolfgang, Joe und ich – in Max' Zimmer, um gemeinsam einen Joint zu rauchen. Max hatte über seine kleine Tischlampe, die in der Ecke des Raumes auf einem kleinen Hocker stand, ein rotes Tuch drapiert. Das gedämpfte rote Licht sorgte für eine schummrige Atmosphäre.

„Hat ja was von Herbertstraße", entfuhr es Joe.

„Herbertstraße?", fragte Udo verständnislos.

„Die Herbertstraße ist in Hamburg auf St. Pauli – heißt, sieht aus wie Puffbeleuchtung", klärte ich ihn auf.

Max lachte dröhnend. „An die kann ich mich auch noch gut erinnern." Er drehte sich zu Wolfgang. „Sag Josef, baust du einen?"

„Ist gleich fertig", knurrte Wolfgang ohne aufzublicken. Max legte eine Kassette in sein Abspielgerät. Ein Weihnachtslied erklang.

„Muss das sein?", maulte Joe.

Max sah ihn streng an. „Natürlich, wir haben schließlich Heiligabend."

Als ich gerade am Joint gezogen hatte, hörten wir, wie die Eingangstür zu unserem *Koğuş* quietschend geöffnet wurde. *Arama*? Mir fiel nichts Besseres ein, als dem neben mir sitzenden Max das Teil in die Hand zu drücken. Der nahm ihn, ließ ihn fallen, drückte ihn mit der Hacke aus und kickte ihn unter das Bett. Alles in einer fließenden Bewegung.

Wir hörten die Wärter rufen: „Max, Max!!" Kein zusätzliches Stiefelgetrappel. Also wohl nur Besuch.

Max zischte: „Betet, Kinder, betet."

Er senkte den Kopf und faltete die Hände. Wir folgten seinem Beispiel. Die Tür öffnete sich und die drei üblichen Besucher, der Nussknacker, die Silberlocke und das Hinkebein, erblickten sechs Männer im schummrigen Rotlicht andächtig ins Gebet vertieft. Dazu lief „Oh Tannenbaum". Udo blickte auf und sagte einiges auf Türkisch, worauf die drei die Tür schlossen und wir kurz darauf das quietschende Rolltor hörten. Heute Abend keine Märchenstunde.

Joe fragte Udo. „Was hast du ihnen gesagt?"

„Na, dass heute der höchste christliche Feiertag ist."

Max ergänzte: „Sonst wären wir die nicht so schnell wieder losgeworden." Er drehte sich grinsend zu mir. „Josef, sei doch mal so fesch" und deutete unter das Bett. Ich angelte den Joint unter dem Bett hervor und gab ihn Max. Er nahm den letzten Zug und nebelte beim Ausatmen den halben Raum ein.

„Alles in allem sind die drei ja nette Trottel. Vor ein paar Jahren gab es hier echt schlimme Typen. Da war einer, Suleiman, heißt eigentlich der Friedliche. Er war aber genau das Gegenteil. War ein ganz linkes Arschloch. Und er hasste mich."

Er drehte sich zu Wolfgang. „Du baust schon noch einen, ja, Josef?"

Wolfgang nickte.

„Also dieser Suleiman, so ein knochiges, dürres Männlein mit einem verschlagenen Blick, wusste genau, dass ich oft Hasch rauche, und er wollte mich erwischen. Ich rauchte über Tag allein in meiner Zelle einen dicken Joint, und er hat sich quasi angepirscht, wurde aber auf den letzten Metern noch von dem Mithäftling aus der Nachbarzelle angesprochen, so dass ich seine Stimme hörte. Ich hatte aber kaum noch Zeit, den Joint verschwinden zu lassen. Also hab ich ihn aufgegessen."

„Wie, den brennenden Joint aufgegessen?", fragte Joe erstaunt.

„Ja", lachte Max. „das hört sich jetzt auch einfacher an, als es war. Aber ihr müsst euch vorstellen, das war kurz vor meiner Urteilsverkündung. Nach meinem damaligen Verständnis würde ich zusammen mit der sich anbahnenden Amnestie frei kommen." Er räusperte sich. „Also wollte ich unter keinen Umständen noch eine Strafe obendrauf kassieren. Was mache ich also? Etwas Spucke im Mund gesammelt, das brennende Teil rein in den Mund und gelöscht, also ich sag euch, schön war das nicht, der Schmerz war schon heftig, und dann runter geschluckt. Und der doofe Suleiman kommt um die Ecke und starrt mich blöde an, weil ich ja vor Schmerzen kaum geradeaus schauen konnte."

Max lachte dröhnend. „Die Situation war gerettet. Danach hab ich allerdings zwei Wochen nur Suppe zu mir nehmen können."

Es wurde noch ein langer Abend.

Das Jahr neigte sich dem Ende zu. Zwei Tage vor Silvester saßen Joe und ich bei einer Schachpartie im Gemeinschaftsraum zusammen. Die Partie war in der Endphase. Während ich noch überlegte, ob ich das drohende Matt abwenden konnte, hatte Joe in Erwartung des sicheren Sieges bereits gedanklich abgeschaltet. Er zündete sich eine Zigarette an, warf noch einen Blick auf die Stellung und bemerkte: „Das wird nichts mehr, Ronnie. Gib auf. Was mir grad einfällt. Du hast doch dieses chinesische Orakelbuch dabei. Das I Ging. Lass uns doch mal das Orakel fragen, was uns das nächste Jahr so bringt."

Ich blickte auf. „Ehrlich gesagt, ich hab ja in meiner Zeit im Krankenhaus mal einen Blick hineingeworfen. Das ist total kompliziert und hat mich damals echt überfordert."

„Dann lass es uns gemeinsam versuchen."

Wir räumten die Schachfiguren zusammen. In unserem Zimmer saß Danny auf seinem Bett und schrieb in seinem Tagebuch. Ich suchte in einem meiner an der Wand hängenden Baumwollbeutel nach dem Buch.

„Ah, hier ist es. Wir brauchen noch Zettel, Schreiber und Streichhölzer." Ich beförderte das Buch auf mein Bett. Danny sah auf und reagierte beim Anblick des Buches heftig.

„Das I Ging! Schafft mir dieses Scheiß-Buch aus den Augen. Am besten werft es gleich aus dem Fenster. Das Buch hat mir zwei Jahre Gefängnis eingebracht!"

„Entspann dich mal, Danny. Wie kann dich ein Buch in den Knast bringen?"

Danny legte seine Schreibutensilien beiseite und fingerte eine Zigarette in seine arg zerkaute Zigarettenspitze. Er war sichtlich aufgebracht. Nach einigen Zügen fing er an zu erzählen.

„Wir waren damals auf dem Rückweg von Indien nach England. Meine Freundin Claire und ich in meinem alten Bedford Camper. Wir hatten zwei Kilo Hasch im Auto versteckt. An jeder Grenze befragte sie das I Ging, wie die Chancen für uns waren. Überhaupt hat sie sich permanent mit diesem Buch beschäftigt. I Ging hier, I Ging da."

Er schnaubte abfällig. „Wir rasteten immer so ein, zwei Dörfer vor jeder Grenze Na ja, das Buch gab also an jeder Grenze sofort sein Go. Bis wir zur persischen Grenze kamen. Da war Claire völlig aus dem Häuschen. ‚Nein', sagte sie, ‚heute geht es auf keinen Fall.' Am nächsten Tag sagte sie. ‚Nein, heute geht es auch nicht gut für uns aus.'" Er schüttelte den Kopf und schaute uns eindringlich an.

„Ob ihr es glaubt oder nicht, so ging es lange acht, in Worten acht, Tage lang, bevor das verdammte Buch sein Okay gab. Wahrscheinlich hatten wir schon durch unsere lange Standzeit im letzten Dorf vor der Grenze zu viel Aufmerksamkeit erregt. An der Grenze wurde unser Camper intensiv untersucht und das Dope wurde gefunden. Der Wagen gehörte mir, also war ich der Schuldige und wanderte für zwei lange Jahre in einen iranischen Knast."

„Und was passierte mit Claire?"

„Die wurde nach zwei Tagen freigelassen. Ich habe nie wieder von ihr gehört."

„Und wie war es dort so, verglichen mit unserem Knast?"

Danny grinste. „Geradezu paradiesisch. Das war ja ein Provinzgefängnis im iranischen Nirgendwo. Stellt euch vor, der Innenhof war fast so groß wie ein Fußballfeld. Sogar mit einigen Bäumen, die Schatten boten. Und das Größte: Einmal in der Woche fand auf diesem Innenhof ein Markt statt. Bäuerliche Händler aus der Umgebung verkauften ihre Erzeugnisse. Ein echter Fünf-Sterne-Knast."

Seine Miene verzog sich, er nahm sein Tagebuch wieder zur Hand und bemerkte abschließend: „Soviel zu meinen I Ging-Erfahrungen."

Nun ist ein Orakel nicht dafür gedacht, „Ja-Nein"-Fragen zu beantworten. Wir machten uns ans Werk. Es war kompliziert. Wir machten uns Notizen, um nicht zu oft hin und her blättern zu müssen. Es gab Symbole, Platzhalter, Zahlen, obere und untere Zeilen, die sich je nach der Größe der immer einstelligen Zahlen in ihrer Bedeutung wandelten. Es gab ein Urteil, es gab ein Bild und eine gesonderte Interpretation der Zahlen in den einzelnen Zeilen. Nach etwa einer Stunde hatten wir ein Bild:

Der Donner ist am Himmel droben:

das Bild der Macht des Großen.

So tritt der Edle nicht auf Wege,

die nicht der Ordnung entsprechen.

Das Urteil dazu: „Des Großen Macht. Fördernd ist Beharrlichkeit."

Zu diesen kryptischen Zeilen gab es noch etwa ein Dutzend Interpretationen. Spätestens da wussten wir, dass wir nichts wussten. Es wurde zur Zählung gerufen, und das I Ging verschwand wieder im Beutel.

Das Gerücht machte die Runde. Zeki erzählte es jedem, der es hören wollte und auch denen, die es nicht hören wollten. Robert konnte es auch bestätigen. Michael war auf dem Weg nach Izmir. Der Michael aus dem „Midnight Express". Der Michael, der dort Harvey genannt wurde und mit Billy Hayes zusammen einen gescheiterten Fluchtversuch unternommen hatte. Billy Hayes war dann später die Flucht gelungen, während Michael Harvey nach mittlerweile acht Jahren in verschiedenen Gefängnissen innerhalb der Türkei demnächst auch für das Austauschprogramm der Amerikaner vorgesehen sein sollte.

Wie ein Empfangskomitee saßen viele von uns im Gemeinschaftsraum an dem langen Tisch zusammen, als sich das Rolltor quietschend öffnete, und Robert mit Michael den *Koğuş* betrat. Michael trug nur seine Gitarre, Robert das übrige Gepäck. Michael war ein schlanker, eher kleiner Mann mit einem leicht tänzelnden Gang. Schwarzes Jackett, schwarzes Hemd, schwarze Hose. Braune Augen, ein schmaler Oberlippenbart. Fast schwarze Haare und mittig, etwa drei Zentimeter über dem Haaransatz, auf einer Fläche, die in etwa der eines Fünf-Mark-Stückes entsprach, war sein Haar weiß.

Während Robert mit dem Gepäck im letzten Zimmer verschwand, kam Michael auf unseren Tisch zu. Mit einem „Hallo Leute" setzte er sich zu uns, holte eine Packung Marlboro aus seiner Jackentasche, zündete sich eine an und ließ die Packung auf die Tischmitte fallen; bedeutete uns zuzugreifen. Alle bedienten sich. Michael schaute in die Runde.

„Ich habe ja schon einige Gefängnisse in der Türkei erlebt. Hier gefällt es mir wirklich. Ich weiß gar nicht, ob ich hier wieder weg will." Wir stimmten in sein Lachen ein.

„Aber im Ernst", fuhr er fort, „ich muss noch herausfinden, was die überhaupt in good old Amerika mit mir vorhaben, falls ich ausgetauscht werden sollte."

„Stimmt es eigentlich, dass du mit fünfhundert Kilo Dope erwischt wurdest?", fragte Claudio in seinem stark akzentuierten kehligen Englisch.

Michael blickte zu Claudio. „Nein mein Junge, das ist natürlich totaler Blödsinn." Er zündete sich eine Marlboro an und blickte in die Runde. „Wisst ihr, ich hatte so einen alten VW-Transporter. Vorne eine Doppelkabine, hinten eine Ladefläche. Der Motor befindet sich hinten, und zwischen Motor und der Kabine gibt es noch einen kleinen Stauraum. Dort hatte ich ein Fass mit Hasch-Essenz versteckt."

„Hasch-Öl", warf Joe ein.

Michael drehte seinen Kopf zu ihm. „Richtig. Damit der Fahndungserfolg etwas größer wird, rechnet die Zollbehörde um.

Aus wie viel Kilo Hasch könnte das Öl gepresst worden sein? Und so wurden aus etwa 50 Kilo Öl 500 Kilo Hasch."

Er lachte auf. „Wobei es ja total egal ist. Die Strafe ist ja immer die gleiche."

Alle nickten. Albino wechselte das Thema, indem er Michael fragte: „Was für Musik spielst du so?"

„Hey Mann, ich bin aus Alabama, Ich spiel' natürlich den Blues. Aber heute nicht mehr. Die Fahrt war anstrengend, und ich bin ein alter Mann." Er erhob sich, griff seine Gitarre und ging in Richtung seines neuen Zimmers, drehte sich aber nochmal kurz um.

„Morgen Abend. Am letzten Tag dieses Jahres werden wir eine kleine Session spielen. Aber sorgt dafür, dass es etwas zu Kiffen gibt." Dann schloss er die Zimmertür hinter sich, und wir schauten alle in Zekis Richtung.

„Bekommst du das noch hin?"

Zeki nickte. „Ich werde es zumindest versuchen." Er war bemüht, konnte aber kein Dope auftreiben.

Am Silvesterabend saßen unsere drei Gitarristen mit ihren Instrumenten am Tisch und steckten die Köpfe zusammen. Albino hatte ein Lied getextet, und sie diskutierten, ob es nun eine Ballade oder ein Blues sein sollte.

Michael erklärte: „Es ist auf jeden Fall ein Blues. Falls es noch keiner sein sollte, so mach ich einen daraus. Ich bin ein Blues-Mann."

Schließlich schlug er ein paar Akkorde an und beugte sich über das Textblatt. Der Text war ein wenig holprig, aber darauf kam es nicht wirklich an. Das Bemerkenswerte war seine Stimme. Eine Stimme, wie ich sie noch nie gehört hatte. Ein weißer

Mann mit der Stimme eines Schwarzen. Einer Stimme, die so viel Schmerz ausdrückte. Die so tief von innen kam. Die so viel Leid transportierte. Die uns alle zusammenrief.

„Hey Leute, das ist der Buca Blues.

Die Diebe, die Mörder, die sind schon längst zu Haus,

nur ich, ich armer Wicht, ich harre hier noch aus.

Wenn mich wer fragt, hast du kurz Zeit?

Antworte ich, na klar, 'ne halbe Ewigkeit.

Hey Baby, sie gaben mir dreißig Jahre,

grau, nein weiß, schon meine Haare.

Hey Mann, versetz dich mal in meine Lage,

das willst du nicht, keine Frage.

Baby sag mir, werd ich hier jemals gehen

und meine Liebsten wiedersehen?

Baby sag mir, werd ich hier jemals gehen

und meine Liebsten wiedersehen?

Hey, hey, das ist der Buca Blues."

Die Wiederholung wurde dann noch besser, bevor die drei Gitarristen Stücke von Janis Joplin und Otis Redding spielten. Es war wirklich ein netter Abend, bis Albino zu fortgeschrittener Stunde anfing, Ludi-Codein-Pillen zu verteilen. Michael sang dazu. „Die Ludis müssen es jetzt nicht sein, sonst schlaf ich hier wirklich gleich ein"...und lehnte dankend ab.

Ich widerstand nicht, und schon nach kurzer Zeit wurden meine Augenlider schwer wie Blei. Ich sah, wie Oskar, der etwas abseits auf einem kleinen Hocker, den Rücken gegen die Wand gelehnt saß, mit einem dümmlichen Grinsen im Gesicht langsam seitwärts rutschend in Zeitlupe auf dem Boden landete und liegenblieb.

Ich stemmte mich mühsam hoch und wankte vorsichtig Schritt für Schritt Richtung Toilette. Auf dem Rückweg fühlte ich mich wie in Watte und wunderte mich über den plötzlichen Nebel. Wo kam der her? Plötzlich stand ich vor Max wie vor einem Leuchtturm. Max beugte sich zu mir und seine Stimme dröhnte.

„Na mein kleiner Josef, suchst du dein Heia-Bettchen?"

Ich nickte wort- und willenlos. Max legte seine Hände auf meine Schultern und drehte mich um neunzig Grad.

„Da geht's nach Hause, immer gradeaus."

Er schubste mich leicht an, und ich wackelte wie aufgezogen los. Nur schaffte ich es nicht durch die offene Tür, sondern traf den Türrahmen. Der Schmerz brachte mir die notwendige Klarheit, um mein Bett zu finden, wo ich sogleich in einen traumlosen Schlaf versank.

Ich erwachte früh am Neujahrsmorgen. Ich fühlte mich wie gerädert. Kraftlos. Was war gestern Abend gewesen? Ein eigentlich netter Abend.

Michael mit seiner erstaunlichen, wunderbaren Stimme, die uns alle bezauberte. Ach ja, die Ludis hatten alles zerstört, jedenfalls für mich. Diese bleierne Schwere. Der Nebel. Ich fühlte mich klein und irgendwie schmutzig. Geistig besudelt? Ich schloss meine Augen.

Meine Gedanken suchten nach etwas Positivem. Etwas was mich aufbauen könnte. Etwas, das mich aus dem Tal führen könnte. Ich erinnerte mich an eine Unterhaltung mit Danny.

„Stell dir vor, welchen Berg du erklimmen, welche Wüste du durchwandern möchtest, wenn du wieder draußen bist."

Richtig, er wollte den Jakobsweg wandern. Als Wanderer mit einem Rucksack auf dem Rücken? Das konnte ich mir für mich nicht vorstellen. Mir fiel ein Freund ein, der mit dem Fahrrad von Hamburg aus bis nach Spanien gefahren war. Das wäre schon eher etwas. Nicht dass ich ein großer Radfahrer war. Ich hatte noch nicht mal eins. Aber die Vorstellung faszinierte mich. Simpel und mit eigener Energie in Bewegung zu sein. Es langsam angehen lassen.

Die nötige Kondition würde ganz von selbst kommen mit der Zeit. Was hatte das I Ging ergeben? Fördernd ist Beharrlichkeit. Das traf ja genau auf eine Radtour zu. Treten, treten, treten und irgendwann ist das Ziel erreicht. Ich fantasierte mir immer mehr Details dazu. Welche Ausrüstung, wie das Rad aussehen könnte, welche Routen ich nehmen würde, und sah mich bereits auf kleinen französischen Landstraßen dahin radeln. Ich fühlte, dass ich etwas gefunden hatte. Eine Idee, ein Ziel, das zu erreichen mir erstrebenswert schien.

Zwei Tage später lag ich abends in meinem neuen Schlafsack. Mitgebracht durch den Konsulatsbesuch. Einschließlich des Begleitbriefes meiner Mutter, in dem sie darauf hinwies, dass dieser teure Schlafsack eine Spende meiner Großeltern war. Also gut drauf aufpassen, wieder mitbringen und so weiter. Das Teil war wirklich super. Ein Daunenschlafsack im Bettdeckenformat! Platz genug, um sich innerhalb dieses warmen Zufluchtsortes umdrehen zu können, und zwar ohne den kompletten Schlafsack mitzudrehen.

Wie geschaffen, um in meine Fantasien abzudriften. Die Radtour führte mich in meinen Gedanken durch Frankreich, Spanien an der Atlantikküste über Galizien nach Nordportugal und weiter in den Süden an die Algarve. Die Zeit spielte keine Rolle. Irgendwann würde ich ankommen. Und mit der Fähre übersetzen auf die Kanarischen Inseln.

Und dort, so wusste ich aus einem Reisebericht, würden sich gegen Ende November Segler aus ganz Europa versammeln. Sie warteten auf den Passatwind, der sie mit einer Segeleinstellung, ohne kreuzen zu müssen, in die Karibik, nach Südamerika oder nach Florida bringen würde. Diese Segler nahmen Passagiere mit. Entweder weil sie ihre Schiffskasse aufbessern wollten oder weil sie Unterstützung brauchten. Hand gegen Koje. Einmal über den Atlantik segeln. Das wäre ein Abenteuer nach meinem Geschmack.

Meine Reisefantasien wurden zum allabendlichen Ritual. Während die Zeit mühsam, zäh, schneckengleich ihre Runden drehte, schmiedete ich in der wärmenden Hülle meines Schlafsackes Pläne. Dabei blieb ich durchaus auf einer gewissen Realitätsschiene. Das Abitur zu machen hatte ich fest im Blick. Zwei Jahre Schule, in der Zeit Geld ansparen. Danach die Wohnung auflösen und aufbrechen. Der zeitliche Ablauf war natürlich vom Urteil abhängig. Bei einer Entlassung im April wäre alles gut. Über eine andere Möglichkeit wollte ich gar nicht nachdenken.

Im Übrigen behielt ich meine Reisefantasien für mich. Redete mit niemandem darüber. Nicht mal mit Joe.

Endlich wieder SPIEGEL-Lesestunde. In der zweiten Januarwoche bekamen wir drei Exemplare. Wir lagen auf unseren Betten und lasen. Der Ablauf war stets der gleiche. Erstmal die knapp dreihundert Seiten von vorn grob durchblättern, um einen Überblick zu bekommen. Ernsthaft und gründlich lesen dann von hinten nach vorn. Joe war bei einem Nachruf hängengeblieben und las laut vor.

„Großadmiral Karl Dönitz ist gestorben."

„Wie alt ist der geworden, hundertzehn?"

Dönitz hatte in unserem kleinen Heimatdorf vor den Toren Hamburgs gewohnt. Als Schulkinder hatten wir ihn manchmal gesehen. Ich hatte ein Bild vor Augen: Ein alter Mann mit einem faltigen, zerfurchten Gesicht. Bekleidet mit Hut und einem langen schwarzen Mantel.

„Nicht ganz, 89, und direkt am Heiligabend gestorben. Seiner Beerdigung sollen zweitausend Gäste beigewohnt haben."

Ich sah die kleine Waldkirche vor meinen Augen und überlegte, wie sich dort zweitausend Menschen verteilen konnten.

„Die letzten standen dann wohl am Bahnhof. Muss ja eine riesige Ansammlung von Alt-Nazis gewesen sein."

Danny ließ sein Tagebuch sinken. „Wer zum Teufel ist Grozadmiral Charl Dönitsch?"

Wir mussten beide über seine Aussprache lachen.

„Hey, Danny dein Deutsch ist wirklich ganz passabel."

„Also, der Großadmiral Karl Dönitz war der letzte militärische Oberbefehlshaber des Deutschen Reiches im Zweiten Weltkrieg. Er hat die Kapitulation unterzeichnet. So gesehen war er der Nachfolger von Adolf Hitler."

Joe übersetzte für Danny weitere Informationen aus dem Nachruf.

„Großadmiral Karl Dönitz wurde von den Alliierten beim Nürnberger Kriegsverbrecher-Prozess zu elf Jahren Zuchthaus verurteilt. 1956 entlassen und Heiligabend 1980 verstorben."

Danny fluchte. „Die Welt ist so ungerecht. Der Mann ist für den Tod von Millionen Menschen mitverantwortlich und sitzt lächerliche elf Jahre. Und ich mit meinem bisschen Hasch?"

Er sah uns fragend an. Wir nickten. Es gab nichts zu sagen, was wir nicht schon alle wussten.

Der Januar schleppte sich mühsam voran. Stunde für Stunde, Tag für Tag. Unterbrochen durch eine Durchsuchung und zwei kleine Päckchen aus der Heimat.

Der Januar war dunkel und klamm. Die Wäsche wurde kaum mehr trocken. Und doch kam der Januar langsam voran, der Tag der nächsten Verhandlung rückte näher. Unsere Anspannung stieg. Angst und Hoffnung. Ein Wechselbad der Gefühle. Würde es überhaupt am 30. Januar zur Urteilsverkündung kommen? Es war bisher in dem Ablauf der Verhandlungstage keine nachvollziehbare Logik zu erkennen gewesen. Kein roter Faden. Daran würde sich nichts ändern. Wir erwarteten es zumindest nicht.

Danny stellte mir für die Verhandlung seinen Anzug zur Verfügung. Schwarze Hose, schwarzes Jackett. Es passte mir fast perfekt. Nur meine braunen Slipper passten nicht zum schwarzen Anzug. Egal, ich ging nicht zur Modenschau. Schlimmer war: die Gummisohlen meiner Schuhe hatten Löcher. Akki hatte einen praktischen Ratschlag: Zeitungspapier mehrfach gefaltet als Einlage benutzen. Na ja, besser als barfuß zu erscheinen.

Die Nacht vor der Verhandlung war, gelinde gesagt, schwierig. Ich versuchte an meine zukünftigen Reisen zu denken, aber meine innere Unruhe war zu groß. Meine Gedanken kreisten um die Verhandlung – und kreisten und kreisten – bis ich doch irgendwann in einen unruhigen Schlaf fiel.

Aneinander gekettete Schicksalsgefährten. Joe steckte in einem dunkelblauen Jackett von Albino, ich in Dannys schwarzem Anzug, der beim Gehen leicht im Schritt kniff. Gemeinsam schwiegen wir auf dem Weg zum Justizgebäude.Dort trafen wir einen gutgelaunten Ergin, der uns Filterzigaretten anbot.

Seine gute Laune führte mir schlagartig vor Augen, was ich über längere Zeit ausgeblendet, ja, erfolgreich verdrängt hatte: Sein Freispruch würde für uns automatisch sechzehn Monate Haftzeit bedeuten. Jedenfalls nach meiner Logik. Es sei denn, es gäbe einen Weg, über eine Kaution früher freizukommen. So drehten sich meine Gedanken im Kreis, während wir noch eine ganze Zeit auf unseren Aufruf warteten.

Im Verhandlungssaal war an diesem Tag die Besucherreihe fast komplett besetzt. Ich erkannte Turgut, Ismail und Osman vom Reisebüro. Wir nahmen unsere üblichen Plätze ein. Die Besucher saßen somit hinter uns.

Der Richter redete und redete. Ich dachte an das Urteil des I Ging: So tritt der Edle nicht auf Wege, die nicht der Ordnung entsprechen. Ich war nicht edel. Ich hatte Angst. Ich zitterte. Ich schwitzte. Mir war schlecht. Der Richter redete und redete.

Ich blickte nach links zu Joe. Er blickte stoisch nach vorne. Hatte er seine Gefühle so sehr im Griff? Oder war er gar noch leicht betäubt von der Ludi, mit der er sich gestern Abend ins Koma befördert hatte? Rechts neben mir begann Ergins Miene sich zu verfinstern.

Der Richter hatte seine Rede beendet. Noch bevor der Dolmetscher mit der Übersetzung begann, flüsterte Osman hinter mir schon: „Ihr kommt im April frei."

Neben mir verbarg Ergin sein Gesicht in seinen Händen. Ich hörte die Übersetzung des Dolmetschers nur in Bruchstücken.

„... werden sie zu fünfzehn Monaten Haft verurteilt ... bei guter Führung ...“

Es war mir, als tobte ein Wirbelsturm in meinem Kopf, bei dem sich Erleichterung mit Scham und Schuld vermischte. Instinktiv krallte ich die Fingernägel meiner rechten Hand in meinen linken Unterarm. Der Schmerz wirkte wie ein Anker und verschaffte mir etwas Bodenhaftung. Der Wirbelsturm in meinem Kopf verebbte. Ich hatte meine Konzentration wieder. Die zwiespältigen Gefühle blieben.

Der Richter beendete die Sitzung. Alle erhoben sich. Wo war eigentlich mein Anwalt? Ich meinte, ihn schon am Richtertisch gesehen zu haben. Wenn er es nicht für nötig hielt, bei uns vorbei zu kommen; auch gut.

Ich fühlte mich nicht in der Lage, Ergin noch einmal ins Gesicht zu schauen. Ging also mit gesenktem Blick den Weg in den Keller. Schnell waren Joe und ich wieder aneinander gekettet und im Transporter. Wir schwiegen die Fahrt über. Jeder in seine eigenen Gedanken versunken.

„Was hat der Dolmetscher eigentlich alles gesagt?“ Wir waren schon entkettet und marschierten in Zweier-Reihen über die endlosen Gänge.

„Hast du nicht zugehört, oder was?“, antwortete Joe gereizt.

„Der Osman hinter mir hatte mir schon zugeflüstert, dass wir im April entlassen werden, bevor die Übersetzung startete.“

„Typisch, du hattest das Wichtige für dich erfahren und anschließend abgeschaltet.“

„Nein, ich hatte einen leichten Blackout.“

Joe schaute mich zweifelnd an. „Nun, Fakt ist, es wurde in der Urteilsbegründung überhaupt nicht auf die Widerrufung unserer Geständnisse eingegangen. Wir, nein, du hast den Verkäufer genannt. Daher müssen wir statt sechzehn Monaten nur insgesamt acht Monate absitzen. Ergin muss für vier Jahre und drei Monate hinter Gitter. Völlig unlogisch. Sie hatten kein Dope bei ihm gefunden und sein Geständnis aus ihm heraus geprügelt."

Die Häftlinge vor uns kamen zum Stehen. Ein Stau vor der letzten großen Kreuzung. Jemand tippte mir von hinten leicht auf die Schulter und flüsterte *„Arama"*. Ich drehte mich um und blickte in ein bärtiges Gesicht. Der Mann kam mir bekannt vor. Richtig, das war Mustafa aus dem Krankenhauskeller.

„Merhaba Mustafa."

Er nickte grinsend und wiederholte *„Arama"* und zeigte in Richtung Gitterschleuse. Ich sah nach vorn. Wir waren noch etwa zwanzig Meter von der Gitterschleuse entfernt. Dort saß der oberste Wärter Sarigül mit grimmigem Blick an einem Tisch, und die zu zweit eintretenden Häftlinge wurden von Helfern durchsucht.

Vorsichtshalber untersuchte ich die Taschen von Dannys Anzug. In der vorderen Hosentasche entdeckte ich ein kleines Stück Hasch. Welcher Witzbold schrieb dieses Drehbuch? Wie auch immer, jetzt hieß es die Nerven zu behalten. Ich steckte mir das Hasch in den Mund und stieß Joe an.

„Hey, Alter. Check mal die Taschen von Albinos Jackett. In Dannys Hosentasche hab' ich jedenfalls ein Stück Dope gefunden."

Joe drehte die Taschen nach außen und schüttelte den Kopf. Wir kamen der Schleuse langsam näher, und ich versuchte zu erspähen, ob sie den Gefangenen in die Münder schauten. Das war in meinem Beobachtungszeitraum aber nicht der Fall. Wenig später betraten wir die Schleuse, und ich war relativ entspannt.

Wir wurden abgetastet. Ich musste die Schuhe ausziehen.

„*Nebu*? Was ist das?" Der Wärter zeigte auf das Zeitungspapier.

Ich hob einen Schuh auf, entnahm das Papier und steckte meinen Zeigefinger durch das Loch in der Sohle. Der Wärter nickte.

„*Tamam* okay."

Damit waren wir dann durch und kurz darauf zurück in unserem *Koğuş*.

Danny saß auf seinem Bett und schrieb. Er schaute auf, als wir das Zimmer betraten.

„Hey Jungs, wie ist es gelaufen?"

„Gut und schlecht." Ich streckte ihm meine Zunge entgegen, auf der das kleine Stück Hasch klebte.

„Überraschung in deiner Anzugtasche. Habe ich grad noch rechtzeitig vor einer Kontrolle gefunden."

Danny strahlte und streckte mir seine aufgehaltene Hand entgegen.

„Wunderbar, danke, ich werde es gleich konsumieren."

Ich lachte auf. „Vergiss es. Das gehört jetzt mir. Hat mich Schweiß und Nerven gekostet."

Es kam kein Protest.

Abends im Schlafsack der Versuch einer Aufarbeitung. Die Zeit der Ungewissheit war vorüber. Das Urteil brachte Klarheit mit einem klar definierten Endpunkt. Dem Tag der Entlassung am elften April. Dann war da noch die Schuld, der Verrat. Ich dachte an Salim und seine Worte über das Berufsrisiko eines Dealers in der Türkei.

Immerhin hatte ich mit dem Widerruf der ersten Aussage versucht, meinen Fehler wieder auszubügeln, zumindest aber abzumildern. Dass das Gericht unseren Widerruf komplett ignorierte, lag nicht in meiner Verantwortung. War ich damit von meiner moralischen Schuld befreit?

In meinem Inneren spürte ich ein klares NEIN. Nur, wie sollte ich mit dieser Schuld umgehen? So viel war klar: Das Thema würde mich noch lange begleiten.

Ich musste etwas tun. Meine Gedanken suchten nach einem symbolischen Akt der Buße. Darüber schlief ich ein.

Ich fiel in ein Loch. In ein bodenloses, tiefes Loch und fiel und fiel. Ich ruderte mit den Armen und landete direkt vor dem Richtertisch. Eine Gestalt beugte sich zu mir. Es war der Dalai Lama in seinem roten Gewand. Mit kahlem Schädel und Nickelbrille.

„Sie müssen sich verändern", sagte er mit ernster Miene und tippte sich mit seinem Zeigefinger seitlich an seinen Schädel. Ich nickte. Er schlug mit dem Hammer auf den Tisch. Der Boden unter mir verschwand, und ich fiel wieder in die Tiefe. Um mich herum Gitter. Meine Mutter keifte: „Bring den Schlafsack wieder mit, der war sehr teuer." Zeki schnalzte mit der Zunge „Die Verurteilten müssen Demut lernen." Max dröhnte: „Na mein kleiner Josef, da staunst du jetzt wohl?"

Wo kamen die Stimmen her? Ich erkannte schemenhaft Gesichter hinter den Gittern. Ich fiel weiter, jetzt in Zeitlupe.

Ergin flehte: „Hilf mir! Stoß mich nicht in den Abgrund."

Danny streckte seine aufgehaltene Hand durch das Gitter und sang: „Gib es mir, es ist meins, du hast es nicht verdient!"

Michael zupfte einen Kontrabass. „ Hey, hey das ist der Buca Blues.

Ich fiel weiter, langte unten an und fiel weich auf den Boden. Moos? Ich lag auf dem Rücken. Gesichter über mir, alle starrten mich an, kahlgeschorene Köpfe, funkelnde Augen.

„Er muss Buße tun", erklang es im Chor. „Ja, ja, wir hacken ihm die Hand ab."

Meine Augen füllten sich mit Tränen. Ich blinzelte. Die Gesichter waren weg. Eine kleine Katze saß auf meiner Brust. Schwarz mit ein paar weißen Flecken. Auf ihrem Kopf eine zierliche goldene Krone. Sie strich mir mit ihrer Pfote ganz sanft über meine Wange, sah mich mit ihren grünen Augen intensiv an und schnurrte: „Höre nicht auf die dummen Jungs. Und denke daran. Die erste Idee ist oft die beste." Ihr Bild verblasste und ich erwachte.

Was für ein tröstliches Ende eines Traumes. Zumeist erwachte ich schweißgebadet, kurz bevor mich ein Panzer überrollte, ich aus einem Flugzeug stürzte oder meine Exekution nahte.

Die kurze Traumsequenz mit der kleinen Katze wirkte in mir nach. Ich wusste nun, was ich zu tun hatte. Ich hatte den symbolischen Akt meiner Buße bereits vor Augen. Als der kleine Kantinenwagen vor unserem Koğuş Station machte, kaufte ich etwa ein Dutzend Einwegrasierer. Ich gewann Albino als Figaro, und wir begannen am frühen Nachmittag mit der Aktion.

Eine mühsame Prozedur, so ganz ohne eine Schere. Nach etwa einer Stunde waren meine Haare so kurz, dass Albino mit dem Einschäumen meines Schädels beginnen konnte. Nach mehrmaligem Einschäumen dann der letzte Akt. Mit einer halben Zitrone langsam über den Kopf gestrichen, um die vielen kleinen Wunden zu schließen. Schmerzen waren unvermeidlich. Zum Schluss wurde ein angewärmtes Tuch mit Rasierwasser besprizt und um meinen Kopf gewickelt. Albino rief den *Ayak-gee* und ich trottete in mein Zimmer zurück.

„Wow, was für eine Metamorphose", kommentierte Danny „mit der Glatze und deinem Vollbart siehst du gleich zehn Jahre älter aus."

Albino betrat das Zimmer. „Was ist mit dir, Joe? Möchtest du auch?"

„Kommt nicht in Frage." Er strich sich über seine langen Haare und wandte sich mir zu. „Was soll das eigentlich? Gehört das jetzt zur Ronnie-Show?"

Ich tastete langsam mit der Hand über meinen glatten Schädel. „Ich hab' das Gefühl, ich war meinem Kopf noch nie so nah."

„Na, hoffentlich wirkt sich das auch auf deine schachspielerischen Fähigkeiten aus."

Zeki kam natürlich auch noch mit einem guten Ratschlag um die Ecke. „Du solltest die Prozedur in ungefähr zwei Wochen wiederholen. Das stärkt dann den Haarwuchs erst richtig."

Akki sprach mich an. „Ronnie, wusste nicht, du hattest Läuse auf deinem Kopf?"

„Nein, ich hatte keine Läuse." Ich blickte in die Runde, die sich mittlerweile in unserem Zimmer versammelt hatte, und grinste.

„Seid ihr fertig?"

„Dein Kopf hat tatsächlich die perfekte Ei-Form", fistelte Cemal. Gelächter.

Ich faltete die Hände vor der Brust und verneigte mich leicht.

„Danke." Dann setzte ich mich auf mein Bett und griff nach meinen Schreibutensilien. „Wenn ihr mich jetzt bitte entschuldigt."

Ich schrieb einen Brief an meine Eltern. Berichtete über das Urteil und das Entlassungsdatum. Joe auf seinem Bett gegenüber war ebenfalls dabei, einen Brief zu verfassen. Ich ließ meinen Schreibblock sinken.

„Hör mal, deine Halbwaisenrente läuft doch während unserer Knastzeit weiter, oder?"

Joe blickte stirnrunzelnd auf. „Da gehe ich von aus. Wir sind ja offiziell immer noch Schüler. Wie kommst du jetzt darauf?"

„Ich schreibe meinen Eltern gerade, dass ich mir nicht vorstellen kann, nach unserer Entlassung im April direkt nach Hamburg zurückzukehren."

„Sondern?"

„Da das Schuljahr gelaufen ist, und wir frühestens zum Beginn des neuen im Herbst wieder einsteigen können, möchte ich vorher noch einen Erholungsurlaub auf Kreta einlegen. Da ich noch genügend Geld auf einem Sparbuch habe, wird die Finanzierung kein Problem sein. Und wenn deine Unterstützung weiterläuft, könnten wir die Reise zusammen machen. Es sei denn, du bist scharf darauf, direkt nach Hause zu fahren."

Joe zündete sich eine Zigarette an. „Das ist wirklich eine gute Idee."

„Dann sollten wir jetzt die entsprechenden Briefe dazu schreiben."

Klack, klack, klack tönte es – klack, klack, klack.

So ging das bereits seit Tagen. Wolfgangs letzte Haftwoche war angebrochen, und er lief stundenlang im Gemeinschaftsraum auf seinen Holz-Clogs auf und ab. Klack, klack, klack.

Wir saßen an seinem letzten Abend zusammen.

„Also, Briefe könnt ihr von mir nicht erwarten. Was soll ich euch auch schreiben? Dass ich gerade mit meiner Freundin Sex hatte?"

Er lachte wiehernd. „Aber", er hob seinen Zeigefinger und blickte in die Runde, „Päckchen werd' ich schicken. Päckchen. Sofort wenn ich wieder zu Haus bin. Darauf könnt ihr euch verlassen."

Udo, Akki, Joe und ich nickten. Das war doch ein echtes Versprechen.

„Aber zuerst", fuhr Wolfgang fort, „habe ich hier noch was zu erledigen. Genau dort, wo ich in Freiheit meinen letzten Joint geraucht habe. Da sind noch einige Rechnungen offen." Er schaute uns zwar vielsagend an, führte das Thema aber nicht weiter aus.

Am nächsten Morgen verteilte Wolfgang noch einige seiner Besitztümer. Joe erbte Wolfgangs Daunenschlafsack, der *Ayakgee* zwei Hosen. Ein letzter Blick in die Runde.

„Also Leute, macht's gut. *Geçmiş olsun* – möge es schnell vorübergehen." Er ging durch die geöffnete Tür und drehte sich nicht mehr um.

Max hatte sehr schnell einen neuen Privat-Josef. Schon am Nachmittag zog Peter bei ihm ein.

Aber es ging eben nicht schnell vorüber. Der Februar war wie ein zäher, klebriger Morast, den es zu durchwaten galt. Der Februar war kalt, klamm und grau.

Joe und ich gingen es unterschiedlich an. Während ich mich abends in meinem warmen Schlafsack in meine Reisefantasien flüchtete, war Joe zum regelmäßigen Ludi-Codein-Konsumenten geworden. Er stand abends mit in der Gruppe, wenn der Apothekenbote, der *Hab-Gee* an das Tor klopfte, die Namen aufrief und die kleinen Papiertütchen mit der Pille durch den Türschlitz reichte.

Als ich am nächsten Abend auf dem Weg zur Toilette war, sah ich sie direkt dort stehen. Wie eine Meute Geier belagerten sie das Tor. Und mein Freund Joe mittendrin. Im Vorübergehen, bevor ich zur Toilette abbog, entfuhr mir das unselige Wort. „Junkies." Ich bereute es sofort. Ich spürte die bösen Blicke in meinem Rücken. Warum konnte ich bloß meinen vorlauten Schnabel nicht halten?

Zurück im Zimmer erwartete mich ein aufgebrachter Joe. „Was hast du dir denn dabei gedacht?"

„Ja, Entschuldigung. Ist mir so raus gerutscht. Tut mir echt leid."

„Tut mir leid, tut mir leid. Das ist so typisch für dich. Du haust einen Spruch raus, der alle vor den Kopf stößt, und hinterher tut es dir furchtbar leid."

Er schnaubte wütend und zündete sich eine Zigarette an. „Du hast anscheinend nichts dazugelernt. Deine Überheblichkeit stinkt zum Himmel."

„Weißt du Joe, wahrscheinlich hat das auch etwas mit dir zu tun. Vielleicht tut es mir auch ein Stück weit weh. Ich meine, du bist schließlich mein bester Freund. Zu Beginn unserer Zeit hier hattest du noch diese Theorien drauf von der Freiheit im Kopf und wie man da hinkommen könnte."

Joe unterbrach. „Was willst du mir damit sagen?"

„Mir stellt sich jetzt die Frage, ob du die Freiheit im Kopf jetzt mit der Hilfe dieser hammerheftigen Pillen erreichen willst. Ich hab die einmal getestet, fühlte mich total benebelt und bin noch nicht mal mehr unfallfrei durch die Tür gekommen."

Joe lachte. „Was ist passiert?"

„Ich bin gegen den Türrahmen gelaufen."

„Okay. Aber nochmal zurück zum Thema. Frustriert sind wir ja letztlich alle hier. Ich nehme jetzt eben Ludis, und das solltest du einfach akzeptieren. Ich kann ja auch nichts dafür, wenn du die Dinger nichts verträgst. Und im Übrigen solltest du dich auch bei den Anderen entschuldigen."

Damit war die Angelegenheit für ihn erledigt. Er widmete sich wieder dem SPIEGEL.

Joes Zorn war verraucht und das war mir auch ganz recht. Trotzdem blieben Fragen offen. Ich akzeptierte, dass Joe nicht mehr weiter diskutieren wollte, zumal die Wirkung der Ludi jetzt bei ihm einsetzte. Aber warum genau er jetzt auf die Pillen abonniert war, hatte er mir nicht dargelegt. Ich fühlte, dass wir uns voneinander entfernten.

Robert und Michael hatten schon über Wochen regelmäßige Besuche von ihrem Konsul, bei denen die Abläufe ihrer Rückkehr in die USA im Rahmen des mit der türkischen Regierung verhandelten Gefangenen-Austauschprogramms besprochen wurden. Eines nachmittags kehrten die beiden von einem dieser Konsulatsbesuche zurück und verkündeten, dass sie bereits am nächsten Tag ausgeflogen werden würden. Und da der Konsul auch befugt war, Ehen zu schließen, hatte Robert soeben im Besucherraum seine Freundin Jo Ann geheiratet. Applaus für das Brautpaar, na ja, wenigstens für den Bräutigam.

Am nächsten Vormittag die Verabschiedung. Sie hinterließen uns einen großen Teil ihrer Habseligkeiten. Michael behielt seine Gitarre und entschuldigte sich mit den Worten:

„Sorry, die kann ich wirklich nicht hierlassen. Diese Gitarre ist ein Erbstück eines toten Freundes."

Dann standen sie auch schon an der Tür und drehten sich nochmal zu uns um. Robert hob den Arm und winkte. Michael tänzelte leicht und deutete eine Verbeugung an, bei der er einen imaginären Hut vor uns zog.

„Leute, es war mir eine Ehre, euch kennengelernt zu haben." Und weg waren sie. Ich kehrte in unser Zimmer zurück. Joe hatte den Abschied nicht miterlebt. Er schlief noch.

Es kam Post. Ein Brief meiner Schwester erhellte den Tag. Sie schrieb über die Erleichterung, die die Nachricht von unserem Urteil hervorgerufen hatte. Und über die Enttäuschung unserer Eltern, dass ich nicht direkt nach Hamburg kommen wollte. Weiterhin lag sie in ständigem Streit mit den Alten. Daher war sie jetzt auf Wohnungssuche und würde demnächst ausziehen.

Ich ließ den Brief sinken und sah zu Joes Bett. Er schlief noch immer. Ich stand auf und sah am Fußende seines Bettes einen Brief liegen.

„Hey Alter, wach doch mal auf. Du hast auch Post bekommen."

„Ja, ja."

„Ja, ja heißt leck mich am Arsch."

„Lass mich in Ruhe", grummelte er und drehte sich zur Wand.

Es reichte mir. Ich ging direkt in das hintere Zimmer von Aydin und Usama. Durch die Entlassung von Robert und Michael waren dort jetzt zwei Betten frei; ich brauchte nur eins davon. Ich fragte, ob ich bei ihnen einziehen könne. Beide nickten und eine halbe Stunde später war der Umzug bereits vollendet.

Ich hatte mich eingerichtet. Hier gab es über dem Bett praktischerweise ein Bord. Darauf war Platz für meinen kleinen Karton mit den gesammelten Briefen. Auch meinen Reisepass hatte ich dort in einem der Umschläge deponiert.

Wir tranken gemeinsam Tee und Usama sprach mich an.

„Du hattest Streit mit Joe?"

„Streit würde ich das nicht direkt nennen. Unsere Tagesabläufe haben sich total verschoben. Ich bin eher der Frühaufsteher und er nachtaktiv. Dadurch, dass er jetzt täglich Ludis nimmt, verschläft er den halben Tag. Ich habe das Gefühl, dass wir uns voneinander entfernen."

„Wie lange geht das schon so?"

„Du meinst Joes Pillenkonsum?" Usama nickte. „Ungefähr seit unserer Verurteilung."

„Weißt du, jeder reagiert unterschiedlich auf seine Verurteilung. Ich hatte einen Mitgefangenen in Adana, der über Nacht komplett weiße Haare bekommen hat. Zeki war gelähmt. Andere bekamen Hautausschlag."

Usama zündete sich eine Zigarette an. „Okay – im Gegensatz zu euch hatten diese Leute dreißig Jahre oder mehr bekommen, und ihr kommt in wenigen Wochen wieder raus. Trotzdem gab es eine Reaktion."

Er zeigte auf mich.

„Du lässt dir eine Glatze scheren und dein Freund nimmt starke Betäubungsmittel. Extrovertiert und introvertiert. Ich habe noch ein Beispiel, das dir vielleicht verdeutlicht, wie unterschiedlich ihr im Grunde seid."

Usama nippte an seinem Tee.

„Du erinnerst dich an die kleine John Lennon-Trauerfeier?"

Ich nickte.

„Nun, Joe saß dort mit versteinerter Miene und gesenktem Kopf. Dir liefen die Tränen über die Wangen, und du hast dich nicht geschämt, es zu zeigen. Vielleicht wäre Joe auch gern so etwas Befreiendes widerfahren, nur; er konnte es aus irgendeinem Grund nicht zulassen. Verstehst du, was ich damit meine?"

„Ich glaube schon."

„Also geh mit deinem Freund nicht zu hart ins Gericht. Und was den Konsum der Betäubungsmittel angeht, so gilt auch hier das alte Sprichwort: Es ist leicht, schlechte Gewohnheiten anzunehmen, und es ist schwer, sie wieder loszuwerden. Aber wenn ihr aus diesem Laden entlassen werdet, ist es mit den Ludis mit Sicherheit vorbei."

Nach der Zählung kam Joe zu Besuch.

Zu meinem Umzug bemerkte er lediglich: „Vielleicht ist es ganz gut, dass wir mal etwas Abstand voneinander haben."

Damit war das Thema für ihn erledigt. Er hatte noch Neuigkeiten aus der Heimat zu verkünden.

„Ich habe heute einen Brief von meiner Mutter bekommen. Sie hat mit deinen Eltern Kontakt aufgenommen bezüglich unseres geplanten Kreta-Aufenthaltes und des nötigen Geldtransfers. Das scheint aber alles jetzt schon geklärt."

„Nur ich habe noch keinen Brief von meinen Alten, lediglich von meiner Schwester. Hoffentlich ist da nichts verloren gegangen."

Der Brief von meinen Eltern traf aber dann am nächsten Tag ein. Meine Mutter schrieb von der großen Erleichterung, die das Urteil bei ihnen hervorgerufen hatte. Der Mann vom Reisebüro habe schon eine Stunde später bei meinem Vater in der Firma angerufen, um die Nachricht zu verkünden.

Mein Wunsch, nach der Entlassung noch einen Erholungsurlaub auf Kreta zu verbringen, hatte zuerst Enttäuschung hervorgerufen. Lediglich mein Großvater hätte Verständnis gezeigt. Jetzt seien sie zu dem Entschluss gekommen, ebenfalls einen kurzen Urlaub auf Kreta zu verbringen, so dass wir uns dort treffen könnten. Die Adresse und Telefonnummer des Hotels würde sie im nächsten Brief übermitteln.

Das berührte mich doch sehr. Damit hätte ich nie gerechnet. Als das Mittlere von drei Geschwisterkindern hatte ich mich damit abgefunden, dass mein Bruder Mamas Liebling und meine Schwester Papas Liebling war. Hatte ich darunter gelitten? Spontan hätte ich NEIN gesagt, aber ich ahnte, dass das nicht so ganz stimmen konnte. Durch diese Nachricht, sie würden mir praktisch entgegenkommen, sogar einen sehr langen Weg entgegenkommen, fühlte ich mich plötzlich sehr geliebt. So sehr, dass ich ein Kribbeln bis in die kurzen Haarspitzen hinein fühlte. Zumindest kurzzeitig.

Am letzten Tag des Februars eine Nachricht wie ein Schlag ins Gesicht. Nein, sogar eine Links-Rechts-Kombination. Herold wie üblich: Zeki. Sichtlich geknickt verkündete er:

„Schlechte Nachrichten, Leute. Sogar sehr schlechte Nachrichten. Erstens: Ab sofort ist es den Wärtern verboten, für uns einzukaufen. Zweitens: Es sind nur noch zwei Gaskocher pro *Koğuş* erlaubt. Die überzähligen werden morgen eingesammelt."

Joe neben mir murmelte, mehr für sich selbst: „Noch so eine Prüfung kurz vor der Ziellinie."

Oskar grinste dümmlich. Albino stand das Entsetzen ins Gesicht geschrieben. Udo bekam wieder diesen merkwürdigen erloschenen Augenausdruck.

Max raunzte: „Sag, Zeki, von wem kommt das? Von den Wärtern, vom Sarigül?" Zeki schüttelte den Kopf.

„Nein Max. Von ganz oben, von der Gefängnisleitung. Gestern sind irgendwo in einem anderen Gefängnis wieder einmal Gaskartuschen explodiert. Es gab mehrere Verletzte. Deshalb jetzt diese drastische Verringerung der Gaskocher. Zum Ausgleich soll ab sofort die Angebotspalette des Kantinenwagens deutlich erhöht werden."

Max drehte sich wortlos um und verschwand in seinem Zimmer.

Aydin war schon in aller Frühe zu seinem siebzehnten Verhandlungstag aufgebrochen. Usama und ich saßen Tee trinkend auf unseren Betten und rauchten.

„Das war also der große Gleichmacher. Ich hätte nicht geglaubt, dass er in dieser Gestalt daherkommt", sinnierte Usama.

„Wie meinst du das?"

„Ihr Europäer hier werdet alle von euren Familien unterstützt. Ihr Deutschen sogar teilweise vom Staat. Wir Araber, abgesehen von Tarik, haben keine Unterstützung von außen."

Er sah mich ernst an.

„Aber hast du gestern Albinos Reaktion gesehen? Als ob er den Atem des Teufels in seinem Nacken gespürt hat. Soviel Angst. Der Millionärssohn Albino hatte am meisten zu verlieren. Und wenn wir ab heute alle die gleiche Gefängnissuppe löffeln, sind wir zumindest vorerst einmal alle gleich."

„Wie funktioniert das Überleben, so ohne eigenes Geld?"

Usama lachte. „Zeki würde wahrscheinlich sagen" und Usama imitierte Zekis Art perfekt, „die Reise des Lebens wird erst wirklich interessant, wenn dir das Geld ausgeht und du improvisieren musst!"

Wir brachen beide in Gelächter aus.

„Aber nein, es ist hart", fuhr er mit ernster Miene fort. „Zumal Zeki, Cemal und ich ja Studenten waren, die von ihren Familien unterstützt wurden. Und es fiel unseren Familien nicht leicht. Verstehst du, unsere Bildung war ihre Investition in die Zukunft. Wenn wir später als Ärzte und Psychologen gutes Geld verdienten, könnten wir damit unsere Eltern unterstützen, wenn sie alt und nicht mehr arbeitsfähig sein würden. Das war der Plan. Und dann landen wir für Jahrzehnte hinter Gittern und der Plan ist durchkreuzt."

„Du hast sie nicht informiert?"

Usama nickte. „Zumindest nicht sofort. Ich habe lange für eine Entscheidung gebraucht. Noch länger für die richtigen Worte."

„Und hast nie eine Antwort erhalten?"

„Nein."

„Oh, Mann, das tut mir leid."

„Nein, ehrlich gesagt hatte ich auch nicht mit einer Antwort gerechnet. Deshalb hatte ich wohl auch solange gezögert; um die eine Illusion aufrecht zu erhalten." Usama schenkte Tee nach.

„Ich habe die erste Zeit im Gefängnis, damals in Adana, sehr viel meditiert. Mir ist während oder durch die Meditation vor allem eines klargeworden. Von uns Ägyptern wird gesagt, wir stammen von den Pharaonen ab. Das mag, wenn überhaupt, für einige wenige Menschen zutreffen. Wir einfachen Ägypter stammen von den Sklaven ab, die die Pyramiden bauten. Oder maximal von den Bauern des Nilufers. Aber das werden damals auch Sklaven gewesen sein. Was folgt also daraus?"

Ich zuckte mit den Schultern.

„Wenn ich im Gefängnis ohne Geld überleben wollte, musste ich das Vertrauen darin haben, dass es schon irgendwie immer weitergehen würde, auch ohne Geld. Das Universum würde mir einen Weg zeigen. Und ich dürfte mir nicht zu schade sein, um zu dienen. Natürlich nicht vorbehaltlos. Ich meine damit kochen, waschen; Hausdiener, wenn du so willst."

„Verstehe."

„In Adana lernte ich Robert kennen und wir verstanden uns sofort. Hatten eine Wellenlänge, weißt du? Jetzt ist Robert weg und ich unterstütze Aydin. Und so geht es immer weiter. Das Leben geht immer weiter."

„Glaubst du, dass es eine Amnestie geben wird zum hundertsten Geburtstag von Kemal Atatürk?"

„Das Problem mit der Hoffnung ist, dass man ihr so schwer widerstehen kann. Auch weil sie sich letztlich als Illusion erweisen könnte. Nein, ich denke, wir Langzeitgefangenen machen uns damit etwas vor. Wir belügen uns selbst. Ich nehme mich nicht davon aus."

Ich zündete mir eine Zigarette an und hielt Usama die Schachtel hin, und er bediente sich.

„Das wirklich Traurige", fuhr er fort, „an einem längeren Gefängnisaufenthalt ist, zumindest in meinen Augen, dass es die Sicht auf das Leben verändert. Zumindest so nach zwei bis drei Jahren."

„Was meinst du damit?"

„Es gibt keine Zwischentöne mehr. Weiß ist draußen, schwarz ist drinnen. Und das ist der eigentliche Verlust. Diese bunte Welt zwischen schwarz und weiß ist mir mit den Jahren abhanden gekommen. Verstehst du, was ich damit meine?"

„Ich glaube schon."

Unser Gespräch wurde unterbrochen. Danny betrat unser Zimmer. Er wedelte ganz aufgeregt mit einem Brief.

„Roberts und Jo Anns Heirat und ihr anschließender Transfer in die USA ist dort ein Thema. Ein Freund hat mir einen Artikel aus der NEW YORK TIMES über Robert, Michael und die Mädels geschickt."

Danny drückte uns den Brief in die Hand. Auf einem DIN A4-Blatt war ein kleiner Ausschnitt aus der NYT aufgeklebt. Es war kein Artikel. Es war eine Meldung.

Two American prisoners, Jo Ann McDaniel of Salem, Ore., and Robert Hubbard of Fort Riley, Kan., were married yesterday in a Turkish jail, two days before their expected transfer to the United States after more than eight years' internment for drug smuggling. The wedding was at Buca Prison near the Aegean city of Izmir, where Mr. Hubbard, 29 years old, and Miss McDaniel, 35, and two other Americans, Katherine Zenz, 34, of Lancaster, Wis., and Michael Harvey Ray, 35, of Little Rock, Ark., have been serving 24-year sentences for smuggling hashish. The four Americans are expected to be transferred to American custody tomorrow and to be flown to the United States under a recently ratified prisoners' exchange treaty. Their cases will be reviewed in the United States for possible release.

Dann schnappte sich Danny den Brief, um ihn den anderen zu zeigen.

Wenig später kam Aydin von seiner Gerichtsverhandlung zurück. Sein Gesichtsausdruck sprach Bände. Usama blickte ihn an, Aydin schüttelte nur den Kopf. Während er sich umzog und seinen Anzug sorgfältig in einem Leinensack verstaute, sagte er zu mir auf Deutsch: „Und wieder einmal heißt es – fein raus geputzt; nix genutzt –."

„Warum passiert nichts?"

„Wir sind insgesamt drei Angeklagte. Hussein, unser Kunde und ich. Mittlerweile sind wir total zerstritten und schieben uns den Schwarzen Peter gegenseitig zu."

Aydin zündete sich eine Zigarette an. „Wir drehen uns im Kreis. Es gibt keinen Fortschritt. Wahrscheinlich wird der Richter irgendwann genug davon haben. Er wird mit seinem Hammer auf den Tisch schlagen, mit dem Finger auf jeden einzelnen von uns zeigen. Du, du und du auch, jeder zehn Jahre, setzen. Ich erwarte das praktisch bei jeder Verhandlung." Er zuckte mit den Schultern und nippte an seinem Tee.

Das Gefängnisessen wurde am späten Nachmittag gebracht. Dickwandige Blecheimer mit Deckel enthielten eine lauwarme, merkwürdig riechende, ölige, rötliche Brühe. Wir fühlten einen schmerzlichen Verlust. Bisher war das abendliche Essen ein kulinarisches Ereignis gewesen. Ein Höhepunkt des Tages, dem wir entgegenfieberten. Dem später noch ein Nachtisch folgte. Nicht immer, aber oft. Pudding oder Milchreis.

Und nun? Das Suppenzeitalter hielt Einzug. Es war eine Zeit des Nie-richtig-satt-Werdens. Eine Zeit des Immer-irgendwie-Hunger-Habens. Eine Zeit der Kompensation, in der sich mein Zigarettenkonsum fast verdoppelte.

Udo, Akki, Joe und ich saßen zusammen am Tisch. Um die zwei im *Koğuş* verbliebenen Gaskocher gab es Gedrängel. Albino verfügte noch über einige Mengen an Pasta-Vorräten, mit denen er seine Suppe verfeinerte. Entsprechend länger benötigte er einen Kocher. Wir hatten noch einige Zwiebeln, die angedünstet die Suppe aufwerten sollten. Trotzdem, die Suppe schmeckte, gelinde ausgedrückt, gewöhnungsbedürftig.

Später erläuterte mir Usama seine Sichtweise.

„Ihr habt hier eine Ausnahmesituation miterlebt. Ich meine damit die Einkaufslisten, mit denen die Wärter loszogen, um mit eurem Geld teure Lebensmittel für euch einzukaufen. Fleisch ist für den Durchschnitts-Türken fast unerschwinglich. Auf den Listen war es ein normaler Bestandteil. Dann die Mengen an Weintrauben im Herbst, mit denen Wein hergestellt wurde. Das blieb mit Sicherheit nicht unbeobachtet, und jetzt gab es einen plausiblen Anlass, das Ganze zu beenden.“

„Du meinst, die Gaskocher-Explosion war nur ein Vorwand?“

„Natürlich. Die Wärter hier verdienen wenig. Viele halten zu Haus noch Hühner oder Ziegen, um ihre Familien versorgen zu können. Das Einkaufen und der damit verbundene Backschisch waren ein Zusatzverdienst. Die Gefängnisleitung konnte das nicht ohne vernünftige Begründung beenden.“

„Vielleicht werden sie jetzt mehr Hasch in den Knast schmuggeln."

Usama grinste. „Das wäre natürlich ein Ausgleich. Wir werden sehen." Er zündete sich eine Zigarette an und blies den Rauch nachdenklich aus.

„Alles in allem habe ich schon schlechter gegessen. Aber es ist natürlich immer schwieriger, von einem hohen Niveau auf ein niedrigeres zu kommen als umgekehrt."

Er sah mich lächelnd an. „Vielleicht ist es an der Zeit, die Flut-Methode zu praktizieren."

„Was meinst du damit?"

„Nun, wenn das Essen schmeckt, so ist es ein kulinarisches Ereignis, dem du entgegenfieberst, auf das du dich freust. Ist das Essen eher schlecht, also maximal Mittel zum Zweck, so macht es Sinn zu warten."

„Bis der Hunger sehr groß ist?"

„Genau, die steigende Flut entspricht dem ansteigenden Hungergefühl. Und dann, wenn der Hunger dich fast zu überwältigen droht, dann schmeckt auch eine Gefängnissuppe wirklich köstlich."

„Und woran erkenne ich, wann der Höhepunkt erreicht ist? Etwa, wenn mir vor Hunger schon schlecht wird?", fragte ich zweifelnd.

„Ich habe nicht gesagt, dass es einfach ist."

„Hast du es denn überhaupt schon selbst praktiziert?"

„Schon, aber da war das Essen noch schlechter", gab er zu.

Das Essen wurde sehr bald schon noch schlechter, nämlich als unsere Zwiebeln, Rest-Nudeln und Tütensuppen aufgebraucht waren, und wir die Suppe ohne jegliche Verfeinerung löffeln mussten.

Das Angebot des kleinen Kantinenwagens wurde etwas reichhaltiger. Dort gab es jetzt regelmäßig Jogurt und Eier, so dass Spiegeleier oder Rühreier zur täglichen Zwischenmahlzeit wurden.

Die Zeit arbeitete sich zäh voran. Die Suppe hatte es bis in meine Albträume geschafft. Meist drohte ich in der öligen Brühe zu ertrinken. Oder ich durchwatete ein Meer aus Rühreiern. Manchmal erwachte ich nach einem Bombenhagel durch überdimensionale Eier. Es dauerte eine Weile, bis ich das Essensthema, so wie es jetzt war, akzeptiert hatte und den kulinarischen Genüssen der Vergangenheit nicht mehr nachtrauerte.

Was mir niemand nehmen konnte war mein abendliches Einschlaf-Ritual. Mein Schlafsack war die weiche Kapsel, in der ich sicher, warm und geborgen lag und meinen Radtour-Fantasien nachhing. Es wurde mir nie langweilig, und ich stellte es mir immer wieder in neuen Variationen mit allerdings nur kleinen Abweichungen vor.

Meine Gedanken kreisten dabei vor allem um diesen einen essentiellen Moment. Den Moment des Aufbruchs. Mit dem Bewusstsein, alles geklärt zu haben. Keine Altlasten zu hinterlassen. Nur wirklich Notwendiges in den Packtaschen verstaut zu haben. Um dann langsam loszufahren. Offen zu sein für die Höhen und Tiefen einer abenteuerlichen Tour.

Meist war ich schon nach der ersten Kurve eingeschlafen. Und dämmerte meinen regelmäßig wiederkehrenden Albträumen entgegen.

Wir saßen am Tisch und löffelten still unsere Suppe. Joe stöhnte kurz auf und hielt sich die Wange.

„Verflixt, ich habe auf einen Stein gebissen." Er pulte etwas aus seinem Mund. „Und ein Stück von einem Backenzahn." Er schaute in Richtung Udo. „Gibt es hier eigentlich einen Zahnarzt?"

Udo nickte. „Der hat genau ein Instrument."

„Okay, dann heißt es also damit leben."

„Bist ja bald zu Hause." Joe nickte und schaute in die Runde.

„Ja, zu Hause. Findet ihr es nicht auch seltsam, dass wir noch nichts von Wolfgang gehört haben?"

„Wann war noch gleich seine Entlassung?", fragte Udo.

„Ist jetzt ungefähr sechs Wochen her", warf ich ein.

„Wolfgang hat sich mit gefährlichen Leuten eingelassen", meinte Udo nur. Er ließ aber keine erklärende Begründung folgen. Keiner fragte nach.

Usama hatte natürlich auch seine Meinung zur Türkei und der speziellen Situation im Land. „Nimm zum Beispiel unseren Aydin hier."

Wir saßen Tee trinkend in unserem Zimmer. Aydin war allerdings gerade nicht im Raum.

„Er hat zwar einen türkischen Pass und türkische Wurzeln. Ansonsten hat er mit den Türken, die ich kennengelernt habe, wenig gemeinsam. Selbst sein Türkisch hat einen seltsamen Akzent."

Usama blies den Rauch seiner Zigarette in Richtung Deckenlampe. „Was ich damit sagen will. Es kommt schon stark darauf an, in welcher Umgebung die Menschen aufwachsen. Eine Mitschuld an der derzeitigen Situation und den großen Problemen im Land trägt meiner Meinung nach ausgerechnet ihr großer Volksheld Kemal Atatürk."

„Aber der Mann hat die Türkei erst in das zwanzigste Jahrhundert geführt", protestierte ich.

Usama grinste. „Natürlich gibt es immer ein ABER."

Er nippte an seinem Tee. „Er versuchte Staat und Religion zu trennen. Verbot die Koranschulen und ersetzte die arabische Schrift durch die lateinische. Doch schon zwei Studentengenerationen später konnten die Bibliotheken in den Universitäten nicht mehr genutzt werden, weil die Studenten die arabische Schrift nicht mehr lesen konnten. Ein herber Rückschlag für die Bildung. Und die Prediger der Koranschulen lösten sich auch nicht in Luft auf. Die meisten wirkten im Hintergrund weiter."

Ich nickte verstehend.

„Atatürk", fuhr Usama fort, „hat es zwar gut gemeint. Aber über die Folgen war er sich nicht im Klaren. Und so hinterließ er ein Volk, das zwar überwiegend muslimisch geprägt ist, aber nicht einheitlich auftritt. Verschiedene Volksgruppen, die vom Staat unterdrückt werden. Kurdisch zu sprechen ist bei Strafe verboten. Toleranz sollte erreicht werden, das Gegenteil ist passiert. Politisch linke und rechte Gruppierungen bekämpfen sich bis aufs Blut. Und wenn es gar zu arg wird, putscht das Militär."

Er seufzte. „Weißt du, das Schlimme ist, in den arabischen Staaten sieht es nicht viel besser aus. Toleranz oder gar Demokratie findest du in keinem arabischen Staat. Anwar as-Sadat, der ägyptische Präsident, hat den Israelis die Hand zum Frieden gereicht. Wahrscheinlich wird er deshalb das nächste politisch hochrangige Attentatsopfer."

Tatsächlich jedoch wurde der amerikanische Präsident Ronald Reagan das nächste politisch hochrangige Attentatsopfer. Er wurde ähnlich wie John Lennon von einem geistig Verwirrten angeschossen. Im Gegensatz zu Lennon überlebte Reagan.

Das türkische Fernsehen berichtete ausgiebig, und wir standen alle vor dem Schwarzweiß-Fernseher und sahen die verrauschten Originalaufnahmen des Tatorts.

Es kamen Briefe aus Deutschland. Von meinen Eltern mit Informationen, in welchem Zeitraum sie auf Kreta sein würden, wie ihr Hotel hieß. Und wie wir es am besten hinbekommen würden, uns zu treffen. Ein Brief von meiner Schwester, in dem sie beschrieb, wie schwierig das Verhältnis zu den Eltern sei und dass ihr Auszug kurz bevorstehe. Ein Brief von meiner Schwägerin mit aktuellen Fotos meiner Nichte und der Information, dass sie jetzt die letzten SPIEGEL-Exemplare mit gesonderter Post verschickt hätte.

Und dann noch ein Brief aus Düsseldorf von einem Klaus Mischke. Mit dem Namen konnte ich nichts anfangen. Der Brief enthielt ein gefaltetes rundes Blatt mit einer Zeichnung, auf der Indianer in verschiedenen Situationen ihrer Geschichte dargestellt waren. Vom Rauchen der Friedenspfeife über den Anbau von Mais bis zur Unterwerfung durch europäische Siedler. Auf der anderen Seite handschriftlicher Text. Klaus war der, den wir Barbarossa nannten und auf Samutraki kennengelernt hatten. Wie üblich, hatten wir unsere Adressen ausgetauscht. Als er jetzt zur Brokdorf-Demo einen Schlafplatz suchte, erfuhr er von Kirsten, die in meiner Wohnung einhütete, von unserem Schicksal. Ich ließ den Brief sinken. Die Begegnung mit Barbarossa schien mir ewig her. Fast vergessen. Aber ja, hier schloss sich jetzt ein Kreis.

Beim nächsten Konsulatsbesuch Ende März eröffnete uns Herr Knirsch, dass wir nach unserer Entlassung das Land nicht verlassen könnten, ohne vorher unser bereits abgelaufenes Drei-Monats-Visum im Konsulat verlängern zu lassen. Eine Strafe für die Überziehung der drei Monate wäre auch fällig. Zahlbar an das türkische Büro für Visumangelegenheiten. Das Büro befand sich praktischerweise im gleichen Haus. Ein Stockwerk unter dem deutschen Konsulat. Für den Vorgang benötigten wir natürlich auch Passfotos. Der Fotograf residierte im Souterrain. Dann wäre das ja auch geklärt.

Das Leben wurde heller. Die Sonne schien bereits mit einiger Kraft. Es roch nach Frühling. Der Ofen wurde abgebaut. Die Fenster durften noch bleiben, da es nachts noch ziemlich kalt wurde. Aber tagsüber reichte die Kraft der Sonne bereits aus, um bei geöffnetem Fenster mit durch die Gitter baumelnden Beinen ein Sonnenbad zu nehmen.

Akki war zum Büro der Gefängnisleitung gegangen, um unser genaues Entlassungsdatum zu erfragen. Denn unklar war für uns, ob an Samstagen überhaupt Entlassungen stattfinden würden. Er kehrte gerade zurück und blickte uns mit ernster Miene an.

„Ihr euch geirrt, müsst noch acht Monate mehr bleiben."

Joe, der auf der Fensterbank saß und seine Beine in die Sonne hielt, drehte sich um und sagte. „Kein Problem."

Sein mozzarellaweißes Gesicht strafte ihn Lügen.

Ich schloss die Augen. Ein Déjà-vu. Schon wieder ein Satz, der mir den Boden unter den Füßen wegzog. Ich geriet in einen Sog. Es drehte sich alles. Ich musste mich setzen, schlug die Hände vors Gesicht. Was war das für ein Geräusch an meinem Ohr? Ein Schnurren.

„Hör nicht auf die Jungs."

Ich blickte auf. Akki starrte mich mit ernster Miene an. Nein, das konnte nicht sein. Ich starrte zurück.

Seine Mundwinkel. Doch, jetzt. Seine Mundwinkel fingen leicht an zu zucken. Ich starrte. Jetzt konnte er sich nicht länger beherrschen. Er fing brüllend an zu lachen. Er schlug sich auf die Schenkel, lachte, bis ihm die Tränen über sein Gesicht liefen.

Mühsam schnappte er nach Luft. „Jetzt Adrenalin. Ein Flash. Oder?"

„Na ja, irgendwie schon."

„Ihr könnt am Samstag gehen."

Usama sagte: „Du wirst diesen Ort nicht als der Mensch verlassen, als der du gekommen bist."

Ich nickte.

„Allerdings verändert sich kein Mensch in seinen Grundzügen", fuhr er fort.

„Widerspricht sich das nicht?"

„Durchaus nicht. Du hast mir doch von deinem egozentrischen Freund erzählt. Der ein Passfoto von sich in den Brief an euch geklebt hat."

„Ach, der Basti."

Usama nickte. „Diesen Mann wird die Egozentrik sein Leben lang begleiten. Sie gehört zu seiner Persönlichkeit. Wenn es jedoch gut für ihn läuft, er sich weiterentwickelt, wird er sich seiner Egozentrik bewusst werden, und vielleicht wird er lernen, sich hin und wieder zurückzunehmen. Auch dir …" Er machte eine Pause und grinste. „… wird dein Hang zum Abheben ein steter Begleiter in deinem Leben sein, und du wirst bestimmt noch des Öfteren abstürzen."

Ich wollte etwas erwidern, aber er stoppte mich ab, indem er eindringlich mit dem Zeigefinger wackelte.

„Denn dieses kleine Häppchen Weisheit, das du eventuell in deiner Zeit hier erlangt hast, ist wie das Tafelsilber. Es muss hin und wieder aus dem Schrank geholt und geputzt werden."

Jetzt wusste ich auch schon nicht mehr genau, was ich eigentlich erwidern wollte, und so führte Usama weiter aus.

„Ich will damit sagen, alles unterliegt einem permanenten Wandel. Deine Erkenntnisse im Leben sind keine Trophäen, die du dir in die Vitrine stellen kannst, sondern eher Wanderpokale, die immer wieder neu errungen werden müssen. Und der ewige Wüstenwind wird permanent daran arbeiten, sie wieder zuzudecken."

Er griff nach seinem Teeglas. „Für den Nordeuropäer wird sie der Schnee zudecken. Aber … und es gibt ja immer ein ABER. Für dich wird es heißen, nach jedem Absturz wieder aufzustehen."

„Amen", merkte ich respektlos an. Wir mussten beide lachen.

„Sollten die Koteletten nicht stehen bleiben?"

Albino agierte einmal mehr als Figaro und entfernte am Vorabend unserer Entlassung den Rauschebart aus meinem Gesicht.

„Um Himmels Willen."

Er warf theatralisch die Arme in die Höhe. „Willst du aussehen wie Oskar?" Er wartete meine Antwort nicht ab, sondern verkündete resolut. „Dein Oberlippenbart darf stehenbleiben. Der Rest kommt ab."

Nach etwa einer Stunde das Finale mit einem warmen Handtuch auf dem Gesicht.

Albino reichte mir einen kleinen Spiegel und verkündete: „So kannst du dich da draußen sehen lassen. *Mamma Mia,* die Damenwelt wird entzückt sein."

„Albino, warte mal. Wenn wir hier zur Tür rausgehen, sind wir immer noch in der Türkei. Also nichts mit entzückter Damenwelt."

„Ja, ja, dann eben drei, vier Tage später. Hier, ich hab' noch was für dich. Die wird dir gut stehen. Probier mal an."

Er zog seine Weste aus und überreichte sie mir. Eine schwarze Anzugweste mit einem roten Seidenrücken, die mir wie angegossen passte.

„Die willst du mir wirklich schenken?"

„Ja, Mann, du bist von uns beiden der nächste, der auf eine Party gehen wird. Und es ist ein Kleidungsstück, das gesehen werden sollte."

„He, Mann, vielen Dank." Ich umarmte ihn spontan.

Einem Abend mit vielen Abschieds-Joints folgte eine kurze Nacht und ein unsanftes, frühes Erwachen. Stiefelgetrampel, die quietschende Tür und laute Rufe, *„Arama, Arama."*

Musste das jetzt noch zum Abschied sein? Doch, ja, wahrscheinlich hätte sonst dieser dramaturgische Effekt gefehlt. Nervös saß ich auf meinem Bett und beobachtete, wie der *Jandarma* den kleinen Karton, in dem ich meine Briefe und meinen Reisepass aufbewahrte, von hinten nach vorn durchsuchte und dann den Raum verließ. Kurz darauf kam ein Kollege und wiederholte die Prozedur. Nach etwa einer halben Stunde war der Spuk vorbei und ich begann meine Habseligkeiten nach Mitnehmen und Hierlassen aufzuteilen.

„Dreh dich an der Tür nicht nochmal um, wenn ihr nachher geht."

Ich saß mit Danny am Tisch und wir spielten eine letzte Partie.

„Soll ich nicht?", fragte ich ohne aufzusehen.

„Nein, das bringt Unglück. Glaub mir, ich hab die Erfahrung."

Zeki trat zu uns an den Tisch. „Wie ist die Lage?" Er deutete auf das Spielbrett.

„Wie immer. Ich verliere. Danny gewinnt."

Zeki griff fragend nach meiner Zigarettenpackung. Ich nickte und er zündete sich eine an. Er blies Ringe in die Luft und verkündete: „Ich war eben vorn im Büro. Ihr könnt demnächst los. Eure Rucksäcke warten dort schon auf euch."

Ich hasste es, Abschied zu nehmen. So ganz formal. Partys verließ ich meist grußlos durch den Hinterausgang. Nun standen wir hier blöd herum und wussten nicht, was wir sagen sollten. Ein eigenartiger Moment des Schweigens, den Max auflöste.

„Macht's gut, Kinder. Gruß an die Mädels." Drehte sich um und ging in sein Zimmer.

Jeder murmelte jetzt irgendetwas vor sich hin. Wir packten unsere Baumwolltüten und gingen zur bereits offenen Tür. Dann war es vorbei. Wir drehten uns nicht um und bogen auf den Gang. Schweigend schlurften wir zum Büro. Dort präsentierten wir unsere Metallmarken, um unsere Rucksäcke zu bekommen. Das dauerte.

Ich schaute mich um. Durch ein Fenster konnte ich in den Nebenraum sehen. Zwei blondgefärbte Frauen lieferten ihre Fingerabdrücke. Sie sahen beide ziemlich mitgenommen aus. Die eine hatte ein blaues Auge, die andere eine aufgeplatzte Lippe. Wahrscheinlich Prostituierte. Ob die auf der Wache verprügelt worden waren oder schon vorher? Mein Blick schweifte weiter. Die Wanduhr zeigte fünf nach elf.

Jetzt kamen unsere Rucksäcke. Sie sahen geplündert aus. Die Hälfte der Schnüre fehlte, und mein Taschenmesser hatte auch einen neuen Besitzer. Wir wurden in eine Art Warteraum geschickt.

„Was hatte Zeki gesagt, wann die uns hier rauslassen?", fragte Joe.

„So zwischen zwölf und ein Uhr. Osman vom Reisebüro wird uns abholen."

Rauchend saßen wir auf einer hölzernen Bank.

„Dann kann ich es dir ja jetzt erzählen", fing Joe an.

„Hä, was kannst du mir erzählen?"

„Na ja, die Story, warum Wolfgang hier im Knast war. Dir wollten sie es nicht erzählen."

„Wieso wollten sie es mir nicht erzählen?"

„Ronnie, denk doch mal nach. Du bist neugieriger als eine Katze, eckst mit deiner großen Klappe dauernd an und hast bewiesen, dass du den Mund nicht halten kannst, wenn es hart auf hart kommt."

Dagegen konnte ich wenig sagen. „Okay, erzähl schon."

„Wolfgang und sein Schweizer Freund Peter waren freiwillig im Knast. Es war Teil eines Plans."

„Wie, freiwillig?"

„Kannst du dich noch an die Verhaftungsstory von Wolfgang erinnern?"

„Ihn hat der Polizist beim Drehen eines Joints verhaftet."

„Genau, und dann ist dieser Peter bei der Polizeiwache aufge-
taucht und hat solange Theater gemacht, von wegen das wäre
sein Dope gewesen, bis sie ihn auch verhaftet haben."

„Ja, das fand ich schon ziemlich bescheuert."

„Das gehörte zum Plan. Beide waren mit ihren Freundinnen
per Auto unterwegs und hatten sich in dem Ort kennengelernt.
Außerdem hatten sie wohl so eine Art Mafia-Typen kennengelernt. Der machte ihnen einen Vorschlag, mit dem sie viel Geld
verdienen sollten."

„Und dafür mussten sie ins Gefängnis?"

„Ja, aber eigentlich nur für ein halbes Jahr. Ihre Freundinnen
haben dann so ein spezielles Dauervisa in ihre Pässe bekommen,
um ihre Freunde im Knast zu besuchen. Wenn die Frauen mit den
Autos in der Türkei waren, um ihre Männer zu besuchen baute
die Mafiagang jede Menge Heroin in die Fahrzeuge, und die
Frauen dienten so für zwei Touren als Kuriere."

„Also, ich verstehe die Logik nicht. Das Risiko für die Frauen
ist doch sehr hoch mit einem Auto voller Drogen."

„Der Schlüssel soll das spezielle Visum für die Besuche gewesen sein. Vielleicht hatten sie deshalb keine oder nur oberflächli-
che Grenzkontrollen."

„Na gut und was lief schief ?"

„Nach der ersten Tour erhielten die Frauen bei der Übergabe
in Deutschland nur einen Teil des versprochenen Kurierlohns und
wurden auf die zweite Tour vertröstet. Nach der zweiten Übergabe verschwanden die Typen ohne zu bezahlen."

„Ja, da kann man dann schlecht zur Polizei gehen und Anzeige
erstatten."

„So sieht es aus. Der Peter hatte genügend Geld, um die Kaution zu zahlen und nach einem halben Jahr zu gehen. Wolfgang hatte das Geld nicht und musste bleiben."

„Und die Typen haben sich schlapp gelacht über die beiden Männer, die für Geld in den Knast gehen, nur weil ihnen ein fetter Köder vor die Nase gehalten wurde. Ach so, deshalb erzählte Wolfgang vor seiner Entlassung, er würde genau dahin gehen, wo er verhaftet wurde."

Ich zündete mir eine Zigarette an.

„Deshalb haben wir auch nichts mehr von ihm gehört. Weil ihn die Typen umgelegt haben."

„Meinst du?"

„Das werden wir herausfinden. Falls Wolfgang das Land verlassen hat, wird er vorher sein Visum beim Konsulat verlängert haben. Falls nicht ..." Ich vollführte das Hand-Kehle-Symbol.

Die Uhr an der Wand zeigte viertel nach zwölf und wir rutschten unruhig auf der Bank vor und zurück. Rauchten eine nach der anderen. Endlich, so gegen viertel vor eins, öffnete sich die Tür neben unserer Bank und ein kleiner, bebrillter Büromitarbeiter bedeutete uns, ihm zu folgen. *„Gel, gel."*

Wir griffen nach unseren Rucksäcken und durchschritten kurz darauf die Tür zur Freiheit. Die Sonne blendete.

Vorsichtig, zögernd die Treppenstufen genommen. Unten die Straße. Ein dunkelroter Mercedes mit Hamburger Kennzeichen. Osman, grinsend, winkend stand er vor der Beifahrertür. Wir schlurften wie Schlafwandler in seine Richtung.

Die ersten Schritte in der Freiheit waren von Euphorie begleitet. Bunt, es war alles so bunt hier draußen. Bunt und irgendwie grell. Schnell waren die Rucksäcke im Kofferraum und wir auf dem Rücksitz. Die Fahrt, der Verkehr, die Gerüche, die Geräusche. Nach den Monaten der relativen Monotonie wurden wir vom Leben schier überflutet. Sinneseindrücke von allen Seiten.

In einer Nebenstraße brachte Osman den Wagen zum Stehen. Bevor wir ihm mit unserem Gepäck in die kleine Pension folgten, drehte er sich um und zeigte auf ein mehrstöckiges Gebäude, das sich an der nächsten Kreuzung befand.

„Dort befindet sich das Konsulat im dritten Stock. Die öffnen am Montag um neun Uhr. Wegen des Visums."

Er schaute uns an. Wir nickten beide.

Er übergab jedem von uns noch einen Umschlag mit Geld und erklärte: „Mit der Pension hab ich schon alles geregelt. Ich hole euch Montag Mittag hier wieder ab und fahre euch zum Flughafen. Der Flug nach Athen geht um fünfzehn Uhr."

„Wir fliegen?", fragte Joe leicht irritiert.

„Mach dir keine Sorgen. Ronnies Eltern übernehmen die Kosten. Alles geklärt." Er sprach noch kurz mit dem älteren Herrn vom Empfang und war schnell wieder verschwunden.

Wir brachten die Rücksäcke in unser Zimmer und gingen anschließend in einem kleinen Restaurant etwas essen. Döner und Cola. Die erste Euphorie war verflogen, stattdessen machte sich eine gewisse Nervosität breit. Wir waren wie Tiere im Auswilderungsgehege. Zwar nicht mehr im Käfig mit seinen Gitterstäben, aber auch noch nicht wirklich in der Freiheit. Die starke Militärpräsenz trug ihren Teil dazu bei. Auf Joe wirkte es ähnlich.

„Kaum ist man draußen, hat man schon wieder etwas zu verlieren."

„Ich glaube, die Sprache ist der Auslöser. Türkisch wird von unserem Gehirn mit Gefängnis assoziiert."

„So richtig frei werden wir uns wohl erst Montagnachmittag nach der Landung in Athen fühlen." Wir machten uns auf den Rückweg zur Pension.

Noch so eine lang vermisste Kleinigkeit: Es gab eine Dusche. Das Bad war zwar nicht dem Zimmer angeschlossen, sondern am Ende des Flures. Aber wir schienen die einzigen Gäste der Etage, wenn nicht sogar der Pension zu sein. Es war herrlich. Ich duschte endlos und fühlte mich erstmals seit langer Zeit wieder richtig sauber.

Mein kleines Steckschachspiel hatte ich mitgenommen und so vertrieben wir uns den Abend mit einigen Schachpartien. Das Einschlafen war schwierig, in endloser Reihe zogen die Gesichter meiner ehemaligen Mitgefangenen an mir vorbei.

Wolfgang lachte sein wieherndes Lachen, Zeki hob sein Kinn und schnalzte mit der Zunge, Udo starrte mich mit erloschenen Augen an, Max' *Tesphi* flog durch die Gegend. Begleitet von seinem Gelächter. Albino fluchte „*Porca Madonna*", während Akki mit dem Finger gegen seinen Kopf tippte, „red lamp, you know?" radebrechte, lief Claudio auf den Händen vorbei. Danny hob seinen knubbeligen Zeigefinger: „Du hast eine klitzekleine Kleinigkeit übersehen." Usama behauptete: „Es gibt immer ein ABER." Peter lachte schmierig und zog gierig an der Zigarette, bis die Glut fast seine nikotingelben Finger erreichte. Michael verbeugte sich leicht und zog seinen imaginären Hut, als es draußen schon wieder hell wurde und ich nicht so recht wusste, ob ich überhaupt geschlafen hatte. Nach zehn Minuten unter der Dusche fühlte ich mich zumindest frisch.

Der Sonntag trödelte dahin. Wir pendelten zwischen Restaurant, Pension und dem Straßencafé nebenan. Konsumierten hier, spielten Schach dort. Verblüfften die Kellner mit unseren rudimentären Türkisch-Kenntnissen und genossen die Frühlingssonne.

Aber es war eben noch nicht die „richtige" Freiheit. Eine innere Unruhe war der stete Begleiter.

Was hatte ich gelernt in der „Schule des Lebens"? Inwiefern mich verändert in diesen acht Monaten? Wie würde sich diese Grenzerfahrung in meinem normalen Alltagsleben auswirken? Fragen über Fragen. Was mir klar war; die Antworten konnte ich nicht sofort erwarten.

Joe stieß mich an und unterbrach meine Überlegungen. Aktuell saßen wir auf einer Bank im Flur des Konsulatsgebäudes und wurden aufgerufen, das Büro zu betreten. Frau Müller, eine Dame mittleren Alters, war uns von den Konsulatsbesuchen her bekannt. Sie schaute durch ihre Brille kurz hoch, als wir den Raum betraten.

„Nehmen Sie noch einen Moment Platz. Ihr Visumsantrag ist gleich fertig." Sie klapperte noch einige Minuten auf ihrer Schreibmaschine und überreichte uns dann die abgestempelten Formulare.

„Jetzt lassen Sie unten noch Fotos machen und gehen dann damit in das Büro für Visumangelegenheiten im ersten Stock."

„Äh, eine Frage hätten wir noch", sprach ich sie an. Sie saß schon wieder hinter ihrem Schreibtisch.

„Bitte?"

„War eigentlich unser Mitgefangener, der Wolfgang Kessler, in der Visumangelegenheit schon bei Ihnen gewesen?"

Sie zögerte einen Augenblick, fing aber doch an in einem Buch zu blättern. „Wann war seine Entlassung gewesen?"

„Anfang Februar."

Sie blätterte in ihrem Buch herum und schaute uns mit einem überraschten Gesichtsausdruck an. „Nein, der Herr Kessler war nicht hier gewesen."

Joe und ich schauten uns vielsagend an.

„Na, dann ist der wohl über Istanbul ausgereist. Vielen Dank, Frau Müller. Auf Wiedersehen."

Eine Stunde später hatten wir die Visumverlängerung in unsere Reisepässe eingetragen bekommen und achthundert Lira Strafe für die Überziehung der erlaubten drei Monate gezahlt.

Zurück in unserer Pension packten wir unser Gepäck zusammen. Wir checkten aus und setzten uns, die Rucksäcke zu unseren Füßen, auf eine kleine Holzbank, die direkt auf dem Bürgersteig vor der Pension stand. Rauchten und warteten.

Schon eine Zigarettenlänge später hielt Osman mit seinem Mercedes auf der gegenüberliegenden Straßenseite.

„Moin, alles erledigt?"

Wir nickten, verstauten unsere Rucksäcke im Kofferraum und enterten die Rücksitze.

Der Flughafen lag etwas außerhalb des Stadtzentrums, war aber dennoch schnell erreicht. Osman übergab uns die Flugtickets und wir verabschiedeten uns.

„*Çok saul*, vielen Dank für alles was Sie für uns getan haben. Das wissen wir wirklich zu würdigen."

Er grinste. „Nicht dafür. Wir sehen uns in Hamburg."

Nach zwei Stunden Rauchen und Warten folgten wir dem Aufruf zum Flug nach Athen. Die Passkontrolle verlief unauffällig. Zu Fuß ging es zu einem relativ kleinen Flugzeug. Es bot Platz für etwa dreißig Passagiere, aber nur etwa die Hälfte der Plätze war besetzt. Wir waren beide aufgeregt, nicht nur weil wir gerade dabei waren, die Türkei zu verlassen, nein, es war auch für uns beide der erste Flug überhaupt. Wenn auch nur ein kurzer. Athen lag nur zwanzig Flugminuten entfernt.

Die Türen wurden geschlossen. Wir waren angeschnallt, und das Flugzeug bewegte sich in die Startposition. Es begann zu beschleunigen. Der Start übertraf all unsere Erwartungen. Irgendwo zwischen Wahnsinn, Lust und Angst drückte es uns in die Sitze. Das Gefühl sagte „Wow!", der Kopf sagte, „Wo soll das hinführen?", und das Adrenalin sagte „Gib mir mehr davon."

Dann waren wir oben. Durch die Fenster der Blick auf das blaue Mittelmeer. Wir flogen davon. In meinem Kopf sang Reinhard Mey „Über den Wolken muss die Freiheit wohl grenzenlos sein..."

Was ich noch zu sagen hätte

Das Treffen mit meinen Eltern auf Kreta war sehr emotional. Wir erlebten gemeinsam einige sehr schöne Tage mit einer Nähe, die ich vorher nicht für möglich gehalten hätte.

Das Schicksal läuft einem manchmal hinterher. So fühlte ich mich, als ich in der kleinen Bucht von Damnoni eine Frau namens Astrid kennenlernte. Im Gespräch stellte sich heraus, dass sie im Vorjahr ebenfalls in der Türkei gewesen war. In Altinkum. Turgut und Ergin kannte … und mit Ergin eine Liebesbeziehung hatte. Ich erzählte ihr die Wahrheit, sah wie ihr Gesicht versteinerte und ihre Augen sich mit Tränen füllten. Sie reiste am nächsten Tag ab.

Das Pendel des Schicksals. Es schlug kurzfristig in eine andere Richtung. Ich lernte in Damnoni eine Frau aus dem Rheinland kennen. Angelika. Wir verliebten uns und verbrachten eine wundervolle Zeit am Strand zusammen.

Wir blieben noch eine ganze Zeit mit Udo und Danny postalisch in Verbindung. Ergin unterstützte ich mit Spenden im Rahmen meiner Möglichkeiten.

Und ja, ich habe meine Reisefantasien in die Tat umgesetzt. Im Sommer 1983, nach bestandenem Abitur, löste ich meine Wohnung in Hamburg auf und fuhr allein mit einem Fahrrad durch Europa. Den Winter darauf segelte ich unter schwedischer Flagge von Gran Canaria in die Karibik.

Doch das ist, wie sagt man so schön; eine andere Geschichte.

Hamburg, März 2021

Zeitfracht Medien GmbH
Ferdinand-Jühlke-Straße 7
99095 Erfurt, Deutschland
produktsicherheit@kolibri360.de